[Holy Frigging Matrimony]

LOVE GAME

EMMA CHASE

Pour la traduction française :
Photo de couverture : Ocean/Corbis
Graphisme : Raphaëlle Faguer

Ouvrage dirigé par Sophie Le Flour
Collection dirigée par Hugues de Saint Vincent

Département de Hugo et Cie
38, rue La Condamine, 75017 Paris
www.hugoetcie.fr

ISBN : 9782755617283
Dépôt légal : avril 2015
Imprimé en France par Corlet

NEW ROMANCE

[Holy Frigging Matrimony]

LOVE GAME

EMMA CHASE

Roman court

Traduit de l'anglais (États-Unis)
par Robyn Stella Bligh

Hugo Roman

SOMMAIRE

Kate, Drew et Billy se font remarquer au mariage de Matt et Dee-Dee… Pourront-ils rester sages assez longtemps pour que Matt et Dee-Dee profitent du plus beau jour de leur vie ?

[Holy Frigging Matrimony]

LOVE GAME

Les liens sacrés du mariage

CHAPITRE 1

Je suis assis dans un fauteuil dans un coin d'une chambre dans une suite du Plaza Hotel. Je feuillette les pages bourrées de pubs de *Mariée magazine*. Les pubs ciblant les femmes sont vraiment ridicules. Je me fiche du maquillage prétendument «parfait» que vous vendez ; si vous ne ressemblez pas déjà à un mannequin Victoria Secret, vous pouvez en mettre autant que vous voulez, ça ne vous aidera pas à en devenir un.

Autre chose que je ne comprends pas. Tout le monde en fait des tonnes à propos du Plaza, mais cette pièce est recouverte du sol au plafond de motifs fleuris : les draps, les canapés, les cadres sur les murs… J'ai l'impression que la déco a été faite par ma grand-mère. Je remue dans mon fauteuil, essayant de me mettre à l'aise, mais ce siège a visiblement été créé pour être regardé plutôt qu'utilisé. Je laisse tomber le magazine et j'attends.

J'attends quoi, me demandez-vous ?

Kate, bien sûr.

Elle est derrière la porte fermée de la salle de bains, probablement en train de prendre un bain. Et elle ne sait pas encore que je suis là. Je lui fais la surprise. Une surprise du type «je-ne-t'ai-pas-vue-depuis-vingt-quatre-heures-et-j'ai-hâte-d'être-en-toi».

Vous n'avez aucune idée de ce qui se passe en ce moment, n'est-ce pas ? Attendez encore un peu, vous allez bientôt comprendre.

La porte de la salle de bains s'ouvre et Kate entre dans la pièce. Et, comme un chien qui n'a pas vu son maître de la journée, ma bite abandonnée lève la tête quand elle la voit.

Elle tient une coupe de champagne remplie d'un liquide orange pétillant. Ses cheveux sont attachés dans un chignon très haut, et des mèches bouclées et délicates retombent sur sa joue moite. Elle porte une robe de chambre en soie rouge, courte, qui laisse peu de place à l'imagination ; c'est précisément la raison pour laquelle je la lui ai offerte.

Je souris quand elle me voit. Elle écarquille ses grands yeux marron.

– Drew ?

Elle jette un œil à la porte.

– Qu'est-ce que tu fais là ? T'es pas censé être ici.

– Je sais. Je me suis faufilé discrètement dans ta chambre. Je sais être furtif quand je le veux.

Elle avance vers moi.

– Si Dee te voit, elle va péter un plomb.

Je fronce les sourcils en entendant le nom de la meilleure amie psychopathe de Kate, qui s'est attribué comme mission de me pourrir la vie.

– On s'en fout de Dee. Je voulais te voir.

Hier soir était la première fois que Kate et moi n'avons pas dormi ensemble depuis qu'elle a emménagé chez moi. Bon, vous pensez peut-être que c'est rien ; mais vous avez tort. Demandez à n'importe quel drogué sortant d'une cure de désintox' quelle était la pire nuit. Demandez-lui quand il était le plus en manque. Les premières heures sont toujours les plus difficiles.

Kate me sourit et me pardonne, mais elle me signale :

– Les mecs sont pas censés voir les femmes avant la réception. C'est une tradition.

Je me lève et tire Kate sur moi d'un coup sec, parce que de la voir et de sentir son parfum vanille-lavande… je ne peux pas m'empêcher de la toucher ; point barre.

– C'est une tradition débile. Et d'ailleurs, ce n'est même pas vrai. La vraie règle, c'est que le marié n'est pas autorisé à voir la mariée avant la cérémonie. Delores a juste inventé ces conneries pour me rendre malheureux.

Vous commencez à comprendre, maintenant ?

Kate rit.

– Parce que tout doit toujours tourner autour de toi, c'est ça ?

– Ben… oui.

Je m'avance pour l'embrasser, mais elle se penche en arrière.

– Tu ne peux pas rester ici.

Je contre-attaque en embrassant son cou, suçant le petit carré de peau juste au-dessus de sa clavicule. Délicieux.

Je marmonne, les lèvres contre sa peau :

– Bien sûr que si.

Kate penche la tête en arrière en soupirant, me laissant plus de place pour la déguster. Mais elle continue de protester.

– Et quand Dee saura que t'étais là ?

– Si Delores rentre dans cette pièce, elle va en avoir plein la vue. Peut-être même qu'elle deviendra aveugle, dis-je en riant. Ou peut-être bien qu'elle apprendra quelque chose, Matthew sera content.

Kate est enfin convaincue par mon raisonnement. Ou peut-être qu'elle est juste aussi chaude que moi. Son corps se détend contre le mien, ses bras serrent davantage mes épaules, elle cède entièrement.

La victoire est à moi.

Ma main glisse sous sa robe, empoignant son sein magnifiquement doux. Et je murmure :

– Dis-moi que je t'ai manqué hier soir.

Elle avance dans ma main, en réclamant plus :

– Tu m'as manqué.

Je dépose des petits baisers le long de sa poitrine et plie mes jambes pour atteindre ma cible. Je frotte mon visage contre la chair veloutée de son sein, soufflant légèrement sur son téton excité.

– Dis-moi que t'as pensé à moi, Kate.

– Mmm… Je pense toujours à toi.

Je la récompense en léchant son téton. Je le lèche encore et encore et le suce. Kate s'accroche à ma tête comme si sa vie en dépendait. Et, pile au moment où ma main descend vers sa cuisse…

Quelqu'un frappe à la porte, puis une voix provient du couloir.

Une voix stridente, comme celle qu'entendaient probablement les ados satanistes des années quatre-vingt quand ils passaient leurs vinyles à l'envers.

– Kate ? Eh, Katie, tu t'es endormie ?

Delores a pensé que ce serait une super idée que Kate et elle partagent une suite avec deux chambres pour la nuit. Leurs mères font la même chose plus loin dans le couloir.

Kate se contracte et je ferme les yeux, en priant pour que Dee se casse tout de suite.

Mais, sans surprise, mes prières sont vaines. La poignée de la porte remue.

– Kate, ouvre.

Je tire une dernière fois sur le téton de Kate, puis je le lâche en laissant échapper un « pop ». Elle referme sa robe et me tire jusqu'à la porte, en me poussant dans le coin pour que je sois derrière la porte quand elle l'ouvre. Puis elle prend une profonde respiration, relève les cheveux qui sont sur son visage et entrouvre la porte juste assez pour voir Delores.

–Je suis là, je prenais juste un bain. Qu'est-ce qui se passe ?

–Le photographe est en route. Grouille-toi, il arrive dans une heure.

Puis Delores marque une pause.

–Est-ce que ça va ?

–Oui, bien sûr. Je vais bien.

–Tu es toute rouge. Mais pourquoi es-tu toute rouge ? demande Dee sur un ton suspicieux.

Kate est douée pour presque tout ce qu'elle entreprend. Tout, sauf le mensonge. Elle ne sait absolument pas mentir.

Elle s'évente avec sa main.

–Je… je sais pas.

–Tu étais en train de te masturber ? demande Dee, moqueuse.

Dieu comme j'aimerais que ce soit vrai.

Regarder Kate se masturber, devant moi, ce serait légendaire. C'est un gros fantasme. Mais elle hésite. Elle est gênée. J'essaie de l'accoutumer à l'idée de le faire.

Pour les mecs, c'est méga excitant. Alors, si vous, mesdames, cherchez à pimenter un peu votre couple ? Titillez-vous un peu. Faites-moi confiance, votre public vous en redemandera encore et encore.

Kate répond :

–Non, Dee. Je n'étais pas en train de me masturber.

Delores ne semble toujours pas convaincue.

–Est-ce que t'étais en plein *phone sex* avec l'autre enculeur-de-mouton ?

Le *phone sex*.

C'est aussi sur ma liste de choses à faire.

–Je t'ai dit d'arrêter d'appeler Drew comme ça.

–Je sais. Tu as raison, mais je ne peux pas m'en empêcher. Je vois son visage, et ça sort de ma bouche.

Maintenant Kate a l'air agacé.

–Ok. Oui, t'as gagné. Je suis au téléphone avec Drew. On s'excite au téléphone.

–Beeeurk ! Mais pourquoi tu me l'as dit ? Je ne voulais pas le savoir !

–Alors il ne fallait pas demander, soupire Kate. Écoute, Dee. Occupe-toi de toi pour le moment. D'accord ? Je promets d'être prête quand le photographe arrivera.

Dee lâche l'affaire, à contrecœur.

–D'accord. Ta mère est presque prête, si tu as besoin d'un coup de main.

Puis elle suggère :

–Eh, peut-être que tu devrais faire poireauter l'autre abruti ? Ses couilles pourraient devenir bleues…

–Au revoir, Delores, dit Kate en fermant la porte de sa chambre.

Une fois qu'on a entendu la porte de Delores se refermer, Kate ferme la nôtre à clé et se tourne vers moi.

–Elle se doute de quelque chose. Je vais devoir m'assurer qu'elle est occupée avec autre chose avant de pouvoir te faire sortir. Tu seras peut-être coincé ici un moment.

–Oh… mince… comment vais-je bien pouvoir m'occuper ? dis-je en souriant.

Kate se tourne et s'avance vers le fauteuil oublié. La soie de sa robe volette quand elle avance, laissant apercevoir son cul incroyable.

– Toi, tu vas t'occuper en feuilletant *Mariée magazine*, pendant que moi, je vais m'habiller. On ne peut pas tous avoir l'air présentables en cinq minutes chrono.

Je hausse les épaules.

– Sept, si je dois me raser.

– Quoi qu'il en soit, je n'ai pas le temps de m'amuser, même pour un petit coup rapide.

Je m'avance sur elle.

– Euh, pardonne-moi mais, premièrement, on a toujours le temps de s'amuser ; et, deuxièmement, ça dépend de ta définition de « rapide ». Selon moi, ça dépend du temps qu'il me faut pour te faire crier mon nom. Nos expériences montrent que je peux y arriver extrêmement vite.

Pour la première fois, je remarque les sous-vêtements en dentelle Implicite posés sur la commode. Un bustier blanc et un string assorti. Je les désigne avec ma tête.

Pas de jarretières ?

Je suis super fan de lingerie ; si vous pensez en mettre, croyez-moi, les jarretières sont toujours un atout de choix.

Kate détache ses cheveux et secoue lentement la tête. Des mèches foncées ruissellent, lui donnant un air sauvage et excitant, accentuant ses beaux yeux sombres, son nez adorable et ses lèvres magnifiques.

– Pas de jarretières, répond-elle. Tu comprendras pourquoi quand tu verras ma robe.

Elle s'arrête là, l'air paniquée. Elle regarde en direction du placard.

– T'as pas regardé ma robe, au moins ?

Je suis encore distrait par les cheveux sauvages de Kate. Je m'imagine passer la main dans ses ondulations, enrouler des mèches autour de mes doigts, puis les lui tirer alors que je suis profondément en elle.

C'est pour ça que ma voix n'est pas très convaincante quand je lui réponds :

– Non, je n'ai pas regardé.

Kate remue son index, comme une prof qui gronde un élève.

– Dis-moi la vérité, Drew.

– Attends, mais t'as cru que j'avais dix ans ?

– D'un point de vue émotionnel ? Parfois, oui. Mais c'est pas le sujet. Est-ce que t'as regardé ma robe ?

Je passe ma main autour de sa taille et nous rapproche, poitrine contre poitrine.

– Non chérie, je n'ai pas regardé ta robe.

Kate se détend dans mes bras, jouant avec le col de mon tee-shirt, et elle explique :

– Je suis contente que tu n'aies pas regardé. Parce que je veux que tu sois surpris. Tu vas péter un plomb quand tu me verras dedans. Ce sera ta nouvelle robe préférée.

Je l'embrasse sur le front puis descends sur sa tempe, sur sa joue.

– Ma robe préférée sera toujours… celle qui est par terre.

Je mordille sa lèvre inférieure et mes mains caressent la soie sur ses épaules.

– Comme celle-ci.

Kate baisse les bras, me permettant de l'enlever entièrement, la laissant tomber à ses pieds.

– Oh oui, c'est vraiment ma robe préférée.

Je prends sa joue dans ma main et l'embrasse pleinement. Profondément. Je ne perds pas de temps et glisse ma langue contre la sienne, qui rejoint la mienne avec ferveur et m'embrasse sensuellement.

Entre deux baisers, je murmure :

– Tu as un goût de champagne.

Elle rit et je m'occupe de son épaule, la mordant puis l'embrassant.

– C'est les mimosas. J'en ai bu quelques-uns au petit déjeuner, et puis encore un dans le bain.

J'écarte ses genoux avec ma jambe et caresse la chair ferme de ses fesses, la faisant monter sur ma cuisse. La friction la fait geindre. Elle tire mes cheveux, me forçant à l'embrasser dans un baiser au goût de mimosa.

Je nous déplace sur le lit. Je la fais glisser le long de ma jambe et la dépose au milieu des draps froissés. Puis j'enlève mon tee-shirt et mon short et jette le tout par terre.

Ma queue, aussi enthousiaste que d'habitude, est dure et bien dressée. Kate s'appuie sur ses coudes, me dévorant du regard. Ses joues sont rosées de désir, ses lèvres entrouvertes, et ses cuisses se frottent l'une contre l'autre avec anticipation. Putain, elle est canon.

Tout en se léchant les lèvres, elle pose son regard sur ma bite et attend que je fasse le prochain pas.

Et je pense à quel point ce serait excitant de voir Kate se toucher. Peut-être que ça l'aidera de voir comment je fais d'abord ? Je prends ma bite dans ma main et la caresse de bas en haut. Kate regarde chacun de mes gestes, hypnotisée. Après quelques secondes, je lui dis :

– Tu sais, je n'ai jamais vraiment aimé le champagne. Mais peut-être que je le buvais dans le mauvais verre. On devrait tester cette théorie.

Je prends le verre de Kate de la table de nuit et m'assois à côté d'elle sur le lit. Elle tend la main pour remplacer la mienne, me maniant de façon experte, caressant mon gland avec son pouce.

Et je ne peux pas m'empêcher de gémir.

Je lève le verre au-dessus d'elle, l'incline lentement et verse le liquide froid entre ses seins. Elle halète et sa main se resserre sur ma queue… c'est incroyable.

Puis je me penche en avant, lapant le mélange de champagne et de jus. Je lèche le liquide entre ses seins, la base souple de sa poitrine parfaite, léchant chaque goutte de champagne et de Kate. C'est un cocktail enivrant.

– Mmmm… C'est bon.

Et, même si j'adore ce qu'elle est en train de faire, je prends les poignets de Kate et les fixe au-dessus de sa tête, la laissant allongée sur le dos. Agenouillé sur le lit, je me penche et verse de nouveau un peu de mimosa sur ses tétons, et je suce fort, un sein après l'autre.

Elle se tortille sur le lit et gémit ; un son désespéré et quémandeur qui m'excite encore plus.

Quelques gouttes de plus sur son ventre. Kate se contracte par réflexe, mais elle se détend une nouvelle fois quand ma bouche chaude survole sa peau, en suivant le chemin tracé par le liquide.

Ses gémissements se transforment en petits cris quand je lèche et suce son adorable nombril, puis ses cuisses. Ses petits cris sont de plus en plus forts et longs quand je mordille la chair de ses cuisses, me rapprochant de plus en plus.

Kate aime tester de nouveaux trucs en s'épilant. Aujourd'hui il y a à peine un ticket de métro, et l'idée d'y enfouir ma tête me fait presque trembler.

Et je ne vais pas la faire attendre encore longtemps…

Je tiens le verre au-dessus de ses cuisses écartées et verse ce qui reste du mimosa. Puis je le couvre avec ma bouche, suçant et léchant, lapant chaque goutte comme un alcoolique qui déguste son dernier verre avant d'arrêter pour de bon.

Ma tête est légère à cause du goût, du parfum et de la sensation lisse de sa chatte contre ma langue. Je gémis contre sa chair et Kate crie de plaisir.

Je mets deux doigts sur son clito et appuie fermement dessus en faisant des petits cercles rapides. Les hanches de Kate se soulèvent et poussent instinctivement alors qu'elle approche de l'orgasme, en rythme avec ma langue qui rentre et ressort de sa chatte.

Ses cuisses serrent ma tête et je tiens fort ses hanches, la soulevant dans ma bouche. Elle se raidit alors qu'un dernier gémissement saccadé échappe de ses lèvres.

Puis elle se fait molle dans mes mains, épuisée et satisfaite.

Et ça m'étonne encore. Ce sentiment de gratification que j'ai à chaque fois que je la lèche et la fais jouir comme ça.

Mais, aussi heureux que je sois de l'avoir fait jouir, mon désir à moi me supplie, m'encourage comme la foule lors d'un match de foot.

Allez. Go, go, go !

Je me redresse sur les genoux et passe les bras sous les mollets de Kate, en écartant ses jambes. Puis je m'enfonce entièrement en elle en une poussée puissante.

Il n'y a rien de mieux que ça. Rien sur cette Terre qui soit aussi parfait. Cette première pénétration, quand ma bite est enveloppée par la chatte chaude, mouillée et serrée de Kate ; l'extase est si intense que c'en est presque douloureux.

Ma tête se penche en arrière et je savoure la sensation. Puis je recule mes hanches, glissant contre son étreinte, et la pénètre de nouveau.

Me servant de ses jambes comme contrepoids, je la baise fort, mais lentement. Quand je suis enfoui en elle jusqu'au bout, je balance mes hanches d'un côté à l'autre, frottant mon bassin contre son clito, jusqu'à ce qu'elle se soit remise de son premier orgasme et qu'elle soit en route pour son second.

Avec chaque mouvement de mon bassin, Kate s'écrie, à bout de souffle :

Oui !

Drew !
Plus fort !

Le plaisir me titille et augmente, se concentrant dans mon bas-ventre. Et quand Kate se cambre et se resserre autour de ma queue, je rentre une dernière fois en gémissant et en jurant.

À bout de souffle, je m'écroule sur elle, et elle presse ses lèvres contre les miennes, dans un baiser bouche ouverte, haletant. Je tourne la tête, respirant fort contre son cou.

Dans un petit rire, elle dit :

– Wahou. Alors je t'ai vraiment manqué hier soir, hein ?

Je souris.

– Comment t'as deviné ?

Je roule sur le côté et Kate se blottit contre moi. Quand son cœur cesse de battre aussi vite, elle râle :

– Maintenant je dois aller reprendre un bain. Tu m'as fait transpirer.

Je passe mes doigts dans ses cheveux.

– Je t'aime bien quand t'as transpiré. Tu devrais rester comme ça.

– Je pue, dit-elle en fronçant le nez.

J'appuie ma tête contre son cou et inspire de façon dramatique.

– Tu sens la sueur et le sexe… et moi. C'est canon. C'est cent fois mieux que Chanel N° 5.

Pour un mec, il y a quelque chose de primitif concernant une femme qui porte son odeur, c'est une façon de marquer son territoire. De montrer aux autres connards qu'une femme est prise. C'est animal, bien sûr, mais ça ne le rend pas moins excitant.

– C'est dégueulasse. Je vais me doucher.

– Tout ce qu'il faut pour te rendre heureuse, dis-je en riant.

Et puis, ça me donne une raison de la faire transpirer. Une autre raison.

Après les cinq minutes de câlins habituelles, Kate lève la tête de mon torse qui lui servait d'oreiller et m'ordonne :

– Faut que tu partes, Drew.

– Tu me fous déjà dehors ? Je me sens utilisé, dis-je en fronçant les sourcils.

Elle rit et je poursuis.

– J'ai compris. Tout ce qui t'intéresse c'est mon corps.

Imitant le ton que j'avais employé tout à l'heure, Kate répond :

– Ben… oui. Mais ton cerveau est parfois légèrement divertissant.

Je mets une claque sur ses fesses.

Splaf.

Elle couine et bondit du lit, hors de ma portée.

– Habille-toi. Elle me jette mes vêtements à la figure et remet sa robe, allant à la porte sur la pointe des pieds pour voir si la voie est libre.

Quand elle revient, je suis rhabillé.

Elle tend la main.

– Allez, on y va. Dee est dans sa chambre, tu peux y aller.

Je tire sur sa main et elle s'écrase sur moi.

–Je ne veux pas y aller. Je veux souiller le prestige du Plaza Hotel et que tu me chevauches comme une sirène salace dans la baignoire.

Kate secoue la tête.

–Non, pas aujourd'hui. On se voit dans quelques heures.

–Ok. Je compte les minutes, dis-je en soupirant, frôlant ses lèvres avec les miennes.

Kate me pince, parce qu'elle sait que c'est du sarcasme.

–On se voit en bas.

–Y aura beaucoup de gens en bas, comment je suis censé te retrouver ?

Elle sourit.

–Tu ne pourras pas me rater. Je serai celle à côté de toi devant l'autel. Dans une robe… argentée.

CHAPITRE 2

Le mariage.

L'ultime frontière.

Steven s'est lancé le premier. Il nous a un peu servi de cobaye. Comme ces singes que la NASA a envoyés dans l'espace dans les années cinquante, consciente qu'ils ne reviendraient pas en vie.

Et aujourd'hui, c'est Matthew qui se lance.

Comment ? Vous pensiez que c'était moi qui allais me marier aujourd'hui ? Non, non, non, et non. J'arrive à peine à gérer mon statut de petit ami, je ne suis pas prêt à accepter celui de mari. Je ne veux pas entreprendre plus que je ne suis capable de gérer. Matthew, en revanche, est juste assez fou pour tenter sa chance.

Quant à sa demande en mariage, ça, c'est une sacrée histoire. Matthew avait prévu tout un truc super romantique. Il y avait même un quartette prévu pour jouer de la musique en arrière-plan. Mais le moment venu ? Il était tellement nerveux qu'il s'est mis à hyperventiler.

Et puis il est tombé dans les pommes.

En se fracassant le crâne sur la table dans sa chute.

Delores a paniqué ; Kate m'a dit qu'elle n'aimait pas beaucoup la vue du sang. Elle a appelé le SAMU, et, même si Matthew a répété cent fois qu'il allait bien, elle l'a obligé à monter dans l'ambulance pour aller à l'hôpital.

Et c'est là que ça devient intéressant.

Parce que les hôpitaux doivent respecter certains protocoles. L'un de ces protocoles est que les patients doivent porter des blouses. Alors, lorsqu'ils ont emmené Matthew et son bandage ensanglanté, ils ont commencé à lui découper les vêtements. Ils ont mis toutes ses affaires dans un grand sac en plastique ; y compris la bague à deux cent mille dollars qu'il avait achetée pour l'occasion.

L'idée de perdre cette bague a remis Matthew sur pied en trois secondes. Alors il est descendu du brancard, a pris la bague et a traversé les urgences pour s'agenouiller et demander Dee en mariage. Et c'est ainsi que ça s'est passé.

Au milieu des urgences, le cul à l'air.

Naturellement, Delores a dit oui. Et deux jours plus tard on partait tous les quatre à Las Vegas en jet privé.

Dingues ? Complètement. Mais ça leur va bien, vous ne trouvez pas ?

Bref. Quand on revient à New York et qu'il annonce à ses parents qu'il s'est marié… Je n'ai jamais vue Estelle Fisher aussi triste et furax. Elle a fondu en larmes en disant qu'elle avait raté le mariage de son fils unique.

De mon côté je me suis senti hyper mal, alors je n'imagine même pas comment Matthew s'est senti. De faire pleurer votre mère ? C'est le genre de culpabilité qui vous suit jusqu'à la tombe.

Frank, étant un homme peu loquace, a simplement regardé son fils et a dit :

– Occupe-toi de ça.

Mais ses yeux en ont dit beaucoup plus.

– T'as peut-être trente et un ans, mais je te foutrai une branlée tout le long de Park Avenue si tu répares pas la situation *illico presto*.

Donc nous y voilà.

Au grand mariage new-yorkais de Matthew et Delores, offert par Frank et Estelle. Ils n'ont lésiné sur rien. C'est ce qui se fait de mieux dans la très haute société new-yorkaise. C'est censé être élégant et classe, et ça l'est.

Sauf la robe de Delores, bien sûr. Vous avez vu le clip *Like a Virgin* de Madonna ?

Parfait. Alors vous savez à quoi ressemble Delores.

***

Les cocktails sont assurément la meilleure partie d'un mariage. Sans compter la jarretière, bien sûr. J'ai toujours été très doué pour attraper la jarretière, et il n'y a pas de meilleur moyen pour apprendre à connaître une nana que de mettre sa main sous sa robe et de voir jusqu'où vous pouvez monter…

Mais ça c'était avant. Maintenant c'est tellement mieux.

Parce que j'ai la meuf la plus canon de la salle assise à côté de moi, et que je peux mettre ma main sous sa robe autant que je veux.

Maintenant que Kate porte sa robe, je comprends pourquoi elle m'a dit que les jarretières étaient impossibles. Elle est argentée et courte. Je veux dire, minuscule. Et sans bretelles. À chaque fois que je la regarde, je ne peux pas m'empêcher de penser à quel point ce serait facile de la lui enlever et de découvrir son bustier Implicite. Et ses chaussures ? Vous vous souvenez de mon obsession pour les chaussures, non ? Les talons sont très hauts, les chaussures ont plein de lanières, elles sont ouvertes et…

Amelia Warren, la mère de Delores, se lève de table. Elle est mince avec des cheveux blond vénitien jusqu'aux épaules, coiffés façon années quatre-vingt. Et, comme sa fille, elle est folle. Et quand je dis « folle », je veux vraiment dire FOLLE.

Pour l'anniversaire de Kate, Amelia lui a envoyé un collier énorme, et lourd, avec des cristaux des grottes du Périgord, parce qu'elle pense que ça va la protéger de la pollution citadine.

C'est dommage que les lois pour interner quelqu'un de force soient devenues aussi strictes dans ce pays.

Oh, et Amelia ne m'aime pas du tout. Je ne sais pas pourquoi. Je ne l'ai rencontré qu'une fois avant aujourd'hui, et on n'a pas échangé plus de cinq mots. Je me demande si les regards assassins qu'elle me lance ont quelque chose à voir avec son neveu.

– Oh, regarde ! Billy est là ! Il a réussi à venir !

En parlant du loup… On lui voit la queue. Je jette un œil vers la porte et, effectivement, le lèche-cul a débarqué.

Eh bien oui, je le déteste toujours. Pour moi il est comme un herpès génital. Il ne disparaît jamais vraiment.

Il vit à Los Angeles depuis huit mois, et, à mon grand dam, Kate et lui se parlent toujours. Elle dit qu'ils sont juste amis (répétez après moi) mais je n'y crois pas. Enfin, bien sûr, pour Kate, c'est un ami. Ça je veux bien le croire. Mais pour un mec ? Jamais.

La carte « ami » date de la nuit des temps. Un peu comme « je pense qu'il est gai ». Il attend simplement que je fasse de la merde, et là, Kate ira pleurer dans ses bras. Et quand elle sera vulnérable et faible, il enfoncera sa langue dans sa gorge.

Mais ça n'arrivera pas. En tout cas pas tant que je monte la garde.

Il vient vers notre table et Kate va vers lui. Ils se prennent dans les bras pendant que moi je grince des dents.

– Salut, Katie.

– Salut, Billy.

Veuillez m'excuser pendant que je ravale mon vomi.

– Dee-Dee va être tellement heureuse de te voir. Je croyais que t'avais un concert ?

Son sourire est arrogant. Mielleux. Comme celui d'un vendeur de voitures d'occasion.

– J'ai demandé à mon agent de déplacer deux ou trois trucs.

Puis il regarde Kate de la tête aux pieds.

Et j'ai simultanément envie de couvrir Kate avec la nappe et d'arracher les yeux de Billy avec une petite cuillère.

– Tu es canon.

Elle penche la tête sur le côté en souriant.

– Oooh. Tu es adorable. T'es beau gosse toi aussi.

Elle accepte vraiment ces conneries ? Sérieusement ?

Je me racle la gorge et me lève derrière elle.

– Warren.

– Evans.

Nos regards se défient ; comme un lion et une hyène, et Kate est la gazelle qu'on veut tous les deux manger.

C'est à ce moment-là que ma mère arrive.

– Kate, pourrais-tu être un amour et m'aider à trouver ta mère ? Le photographe voudrait prendre quelques photos de famille dehors avant qu'il ne fasse nuit.

Les yeux sombres de Kate ont l'air inquiets. Elle nous regarde tour à tour nerveusement.

– Euh… bien sûr, Anne. Pas de problème.

– Merci ma chérie.

Kate nous regarde tous les deux avec insistance.

– Je reviens.

Et, quand elle se tourne pour partir, elle s'arrête à mon oreille et murmure :

– Sois sage, Drew.

– C'est pas ce que tu disais ce matin, dis-je en souriant.

Son sourire est pincé et son regard semble m'avertir.

– C'est ce que je veux maintenant.

– Je suis toujours sage, chérie, dis-je en remettant une mèche derrière son oreille.

Elle s'en va, me laissant seul avec mon ennemi juré. Ça va être intéressant.

Il met tout de suite les pieds dans le plat.

– Donc... j'ai laissé quelques messages sur le répondeur de Kate la semaine dernière. Apparemment elle ne les a jamais eus.

Son ton est accusateur. À juste titre.

– Peut-être qu'elle ne voulait pas te parler.

Son rire est nasal, comme un cochon.

– Ou peut-être que tu les as supprimés.

Je fais un pas en avant, l'obligeant à reculer.

– Peut-être que tu ne devrais pas appeler chez moi.

– J'ai appelé pour parler à Kate.

– Ouais. Kate, qui vit dans mon appartement.

– Tu n'as pas le droit de lui dire à qui elle peut parler. Tu te prends pour qui ?

– Son mec. Ce qui veut dire que si, je peux. Et j'ai décidé que toi t'avais plus le droit de lui parler.

– Tu sais quoi Evans ? T'es transparent et je vois clair dans ton petit jeu. T''as l'air arrogant et sûr de toi, mais au fond ? Tu te chies dessus. Parce que tu sais que c'est juste une question de temps avant que Kate te largue.

– Je suis désolé, je comprends pas quand tu parles comme une meuf, dis-je en fronçant les sourcils, feignant de ne pas comprendre. Qu'est-ce que c'est censé vouloir dire au juste ?

Il s'avance vers moi, on est nez à nez, comme des boxeurs avant que le combat ne commence.

– Ça veut dire, connard, que t'es le rebond. T'es la distraction. Kate va s'amuser avec toi, et puis elle passera à des prospects long terme.

– Quoi, comme toi ? dis-je en riant.

– C'est vrai que le côté rock star joue en ma faveur, tu ne trouves pas ?

Kate m'a dit qu'il avait signé un contrat avec une maison de disques il y a quelques mois. Mais je me fous du nombre de disques qu'il vend, ce sera toujours un loser à mes yeux. Cela dit, c'est vrai qu'il marque un point avec son histoire de rock star. C'est un bon atout. Des mecs avec la tronche et la dégaine de Mick Jagger ou de Steven Tyler auraient zéro chance de tirer leur coup s'ils n'étaient pas des rock stars. Et ça fait des décennies qu'ils ont tellement de chattes qu'ils ne savent pas quoi en faire.

– Mais non, je ne parlais pas de moi, dit-il. Kate et moi c'est du passé. Mais ça ne veut pas dire qu'elle va rester avec toi. Tu la connais depuis combien de temps, Evans ? Huit mois ? Je suis sorti avec elle pendant onze ans et j'étais son ami pendant neuf ans avant ça. Je crois que je suis plus qualifié pour savoir ce que Kate fera ou pas.

J'avoue, ça, c'était dur à encaisser. C'est l'une des raisons pour lesquelles je déteste que Kate lui parle encore. Parce qu'il l'avait avant moi. Je parle pas de sexe ; ça je pourrais le supporter. Je parle du fait qu'elle l'a aimé et qu'ils ont failli se marier. Et donc, quoi que je fasse, même si entre Kate et moi c'est super, je ne serai jamais le premier mec dont elle a été amoureuse. Et ça, ça craint. Arriver second c'est juste être le premier perdant.

Mais je mangerais ma langue plutôt que d'avouer ça à ce connard.

– T'as aucune idée de ce que tu racontes. Je connais Kate, et je…

Il m'interrompt en me mettant un coup d'épaule.

– Tu sais ce que Kate te laisse savoir. Moi j'étais au premier rang pour tous les moments importants de sa vie, connard. Vingt ans de souvenirs ce sera toujours plus signifiant que ce que toi tu…

Sans vouloir jouer au plus fort… C'est tout ce que j'arrive à supporter et… bon ben vous imaginez la suite.

Je prends du recul et lui colle un coup de poing dans la mâchoire. Digne de Hulk. Et je me sens génial. J'aurais dû faire ça y a huit mois.

Warren titube en arrière. Je m'attends à ce qu'il revienne vers moi les poings levés et je suis prêt à le contrer. Ce à quoi je ne m'attends pas, en revanche, c'est qu'il me fasse un tacle digne du *quarterback* des Giants de New York.

On tombe en arrière, dégommant le chariot de pâtes au passage, et tout le monde nous regarde. De la sauce napolitaine explose partout, retombant comme de la pluie sur la tête des gens insouciants, tachant leurs habits de petits éclats de sauce tomate. On dirait la scène avec le sang de porc dans *Carrie*, vous ne trouvez pas ?

Alors, laissez-moi vous dire que, contrairement aux croyances populaires, ce genre de scène ne se passe pas comme dans les films. Ces bastons-là sont planifiées et mises en scène. Les bastons de mecs, dans la vraie vie, se passent souvent au sol et impliquent davantage d'insultes et de grognements, et, de temps en temps, vous apercevez un coup de poing ou un coup de pied.

Regardez.

On continue à rouler jusqu'à ce qu'on soit côte à côte. Je le tiens à bout de bras par le col de sa chemise. Je lui mets un joli crochet du droit et le fais saigner en premier. Il pousse un grognement et nous tourne, de façon qu'il soit sur moi. Il me met un crochet du gauche dans l'œil.

Je secoue la tête et lui souris.

– Ma sœur frappe plus fort que toi, tapette.

Il contracte sa mâchoire et me plaque fort contre le sol.

– Suce ma bite.

Je remonte les jambes et lui mets des coups de genou dans le dos.

– Ça te plairait, hein ? Ah non, c'est vrai, justement tu n'aimes pas ça. Kate taille des pipes de folie, au fait. Tu ne sais pas ce que t'as raté pendant toutes ces années, espèce d'abruti.

Ouais, je sais…

Je n'en reviens pas de lui avoir dit ça non plus. Devant une salle pleine de gens. Devant sa mère.

Et, si je me fie à l'exclamation qui ressemble étrangement à la voix de ma copine, je crois qu'il y a de fortes chances que je n'aie plus droit à une pipe pendant le reste de ma vie.

Bref… C'était quand même une super réplique, non ?

Sans crier gare, l'odeur de café embaume l'air. Une seconde plus tard, mes jambes me brûlent. La chaleur est insupportable, comme l'huile bouillante que les gardes jetaient du haut du château pour repousser les envahisseurs au Moyen Âge.

– Aahh ! Putain !

Instantanément, Warren et moi oublions qu'on était en train de se casser la gueule. On est trop occupés à éviter le jet de liquide bouillant qu'on nous verse dessus.

Je regarde la diabolique Amelia Warren dans les yeux. Elle tient fièrement deux carafes en Inox qui étaient remplies de café il y a quelques instants. Et qui sont désormais vides.

Elle se baisse et me prend par l'oreille avec une main, prenant Warren par l'oreille avec l'autre. On est immobilisés. Immédiatement. Amelia Warren : chiante la journée, ninja la nuit.

Elle nous fait sortir de la salle par nos oreilles respectives, un peu comme l'aurait fait sœur Béatrice à la belle époque. Mais on ne part pas en silence.

– Aaaaïe… putain… aïe !

– Tante Amelia, lâche-moi ! Je suis musicien ! J'ai besoin de mon oreille !

– Arrête de te plaindre ! Beethoven était sourd et il s'en est très bien sorti.

Elle nous traîne dans une pièce adjacente. Du coin de l'œil, j'aperçois Kate qui nous suit. Les bras croisés, le dos bien droit ; c'est pas bon signe. Elle ouvre la porte et on rentre tous les quatre.

Et on s'arrête tous, net.

Parce que là, sur la table, se trouvent Carol, la mère de Kate, et le père de Steven, le bon vieux George, silencieux et passionné par les chiffres. Et ils baisent sévère, comme deux adolescents sur le siège arrière de leur caisse le soir d'un *drive-in*.

Sans déconner, c'est vrai.

La bouche de Kate tombe ouverte.

– Maman ? s'exclame-t-elle, incrédule.

Je lève les sourcils.

– Wahoo, bien joué, George.

Est-ce que je vous ai dit que la mère de Kate était bonne ? Elle l'est. Vraiment.

Elle a la cinquantaine, les cheveux brun-roux, les mêmes yeux que Kate, à peine quelques rides, et un sourire super chaleureux. Elle a les courbes habituelles à son âge, mais elle est toujours fine. Le meilleur moyen de savoir comment une femme va vieillir est de regarder sa mère. Si je n'étais pas sûr d'être chanceux avant ? La seconde où j'ai vu Carol Brooks, j'en étais persuadé.

Carol et George se séparent comme s'ils étaient en feu, prononçant des excuses maladroites tout en se rhabillant. Quand je vois les joues rouges de Carol, je comprends d'où vient la propension de Kate à rougir quand elle est gênée. George ajuste sa cravate, faisant tout ce qu'il peut pour rester digne, comme s'il ne venait pas de se faire prendre avec les mains sur les miches de Carol.

Il hoche la tête dans notre direction.

– Les garçons. Kate.

Je lui fais un signe de la main.

Kate parvient enfin à dire :

– Maman, le photographe a besoin de toi.

Carol a l'air soulagée d'avoir une excuse pour partir, et ils s'éclipsent rapidement en fermant la porte derrière eux. Amelia lâche enfin sa poigne de kung-fu et tourne sur ses talons comme un sergent en plein interrogatoire.

J'essaie de détendre l'atmosphère.

– Eh ben… je ne m'attendais pas à ça…

Kate fronce les sourcils. Et Amelia me met des coups d'index sur le torse.

– Même si tu n'es pas ma responsabilité, si jamais j'entends encore une fois des choses aussi dégoûtantes sortant de ta bouche, je vais te ligoter comme un sanglier, te pincer le nez, et verser du liquide vaisselle dans ta gorge comme aurait dû le faire ta mère il y a des années. Tu ne diras plus jamais de saletés pareilles. Est-ce que je suis claire, jeune homme ?

Puis sa colère passe à Warren.

– Et toi, nom de Dieu, agis comme un homme intelligent ! Tu crois que t'es trop vieux pour te faire punir ? Tu as tort, jeune homme. Je t'ai mieux élevé que ça.

Il baisse les yeux.

– Oui.

– Vous deux vous allez rester à des bouts opposés de la salle pour le reste de la soirée. Si l'un d'entre vous cause encore des problèmes, je vous fous dehors.

Elle sort de la pièce en pestant, Warren la suivant comme un chien sur les talons de son maître.

Ce qui me laisse seul avec Kate.

CHAPITRE 3

Le silence est pesant. Gênant. Kate fait les cent pas, furieuse. Ses mouvements sont secs. Elle s'arrête finalement devant moi.

– Je ne sais même pas quoi dire.

– C'est lui qui a commencé, dis-je en remuant, mal à l'aise.

– T'es sérieux, là ? dit-elle en plissant les yeux.

– Plus ou moins, je réponds après y avoir réfléchi une minute.

Kate secoue la tête ; son regard chocolat est blessé.

Est-ce que mes sentiments comptent aussi peu pour toi, Drew ?

– Allez, Kate, ne fais pas ça, dis-je sur un ton râleur.

– Faire quoi ?

– Transformer tout ça en dispute sur le fait que je ne te respecte pas ou que je ne fais pas assez attention à toi. Ce n'est vraiment pas si compliqué que ça. Je le déteste. Je déteste le fait qu'il soit là. Je déteste le fait que tu lui parles, putain.

Elle croise les bras.

–On a déjà parlé de ça. Billy était mon ami longtemps avant que toi et moi soyons ensemble. On a grandi ensemble. Comme toi, Matthew et Steven. Tu sais comment c'est.

Je le sais. Il n'y a rien de plus important sur Terre qu'un vieil ami. Quelqu'un qui vous comprend, qui sait qui vous êtes, qui sait pourquoi vous faites ce que vous faites. Sans avoir besoin d'explications.

–Matthew et Steven ne m'ont jamais vu à poil. Et si jamais je me trompe, je ne pense pas qu'ils auraient apprécié.

–La moitié de la ville t'a vu à poil, Drew.

–Des femmes dont je ne connais même pas le nom et qui ne veulent rien dire pour moi.

–Des femmes qu'on croise à chaque fois qu'on va quelque part !

–Mais ça je n'y peux rien ! dis-je en montant d'un ton.

–Je ne t'ai jamais dit le contraire ! répond-elle, parlant plus fort que moi.

–Alors pourquoi t'en parles ?

Je sens que la conversation prend de l'ampleur, de la vitesse, comme une tornade sur le point de toucher le sol. Je passe ma main dans mes cheveux et m'oblige à baisser d'un ton. Non pas à être calme, mais raisonnable.

–Et si je te disais que c'était lui ou moi ; que tu ne pouvais pas nous garder tous les deux dans ta vie. Tu dirais quoi ?

–Tu... Tu me poses un ultimatum, là ? dit-elle en bégayant.

–Non. C'est hypothétique. Si je te le demandais, tu choisirais qui ?

Ses yeux regardent dans le vide. Elle réfléchit. Le fait qu'elle ait besoin d'y réfléchir me gêne plus que je ne peux l'exprimer.

Puis ses yeux reviennent sur moi.

–Je te choisirais toi. Billy fait partie de mon passé, et je tiens beaucoup à lui. Mais toi t'es mon avenir.

J'expire bruyamment, soulagé. Mais trop tôt, il semblerait, car elle ajoute :

–Mais je t'en voudrais, Drew. Ça me ferait du mal. Ça nous ferait du mal.

Je sais que je devrais lui dire qu'elle n'a pas à choisir. Que le simple fait de savoir qu'elle me choisirait moi est suffisant. Je devrais, mais je ne le fais pas.

Et une seconde plus tard elle fonce vers la porte.

–Je dois aller aider Delores.

Je la suis :

–Eh, on n'a pas fini de parler !

Sa main est sur la poignée de la porte.

Oui, j'en ai conscience, mais je ne peux pas m'occuper de ça, là. Ok ? Juste… Ne t'approche pas de Billy, et on parlera plus tard.

Et, en un tourbillon de cheveux brillants, elle est s'en va.

***

Je retourne à la salle de bal principale et m'appuie contre le mur. J'observe les invités quinquagénaires à moitié soûls dans leurs tenues haute couture qui tentent de danser en ayant l'air cool.

Ma sœur Alexandra vient s'appuyer contre le mur à côté de moi.

– C'est un spectacle intéressant. Bien plus que les derniers matchs de foot, tu ne trouves pas ?

– Pas maintenant, Alex, dis-je, l'air renfrogné.

Elle hausse les épaules.

– Ok. Je t'ai juste vu baigner dans la merde et je me suis dit que je pouvais t'aider à ne pas te noyer. Mais si tu n'es pas intéressé…

Elle laisse l'offre en suspens.

Jusqu'à ce que je dirige mon attention sur elle.

– Quoi ?

Elle soupire.

– C'est nouveau pour toi, tout ça. Alors je vais te donner un conseil. Les relations fonctionnent seulement quand chacun met les sentiments de l'autre avant les siens. Sans ça ? Les choses ont tendance à imploser assez vite. Prends Matthew et Delores, par exemple. C'est évident qu'elle ne t'aime pas beaucoup, mais elle ne laisse pas ce fait causer des problèmes entre elle et Matt. Tu crois qu'il se sentirait comment si elle lui disait qu'elle ne voulait plus qu'il te parle ?

Je secoue la tête.

– C'est pas la même chose.

– Pas pour toi. Mais pour Kate, c'est exactement la même chose.

Mes poings sont serrés par la frustration.

– Mais alors quoi ? Tu veux dire qu'il faut que j'invite ce mec chez moi pour une soirée pyjama ? Pour qu'on se vernisse les ongles ?

Elle lève les yeux au ciel.

– Non, tu n'as pas besoin d'être son ami. Mais tu dois fermer ta gueule et accepter que Kate et lui le soient.

Je croise les bras et regarde autour de la salle, ignorant volontairement ses conseils.

Elle hausse les épaules.

– Ou pas. Ignore tout ce que je dis. Laisse tes peurs prendre le dessus, et ignore complètement les sentiments de Kate sur le sujet.

Elle me tapote l'épaule.

– Tu me diras comment ça finit.

Puis elle s'en va. Me laissant là. À bouder. Oui, je sais, ça craint…

Je scrute la salle et vois Kate qui parle avec Delores. Elle rit d'une blague de son amie. Mes ses yeux ne sourient pas. C'est forcé. Un masque.

Merde.

Et puis j'aperçois Warren, assis au bar. Mon regard fait des va-et-vient entre les deux.

Puis j'expire profondément et j'y vais. Je fais un signe au barman.

– Un whisky. Double.

Avaler sa fierté n'a pas très bon goût. J'ai besoin de quelque chose de fort pour l'accompagner.

***

Une heure plus tard, j'ai appris trois choses à propos de Billy Warren :

1. Il est passionné de musique.
2. Il aime vraiment beaucoup son nouveau pick-up.
3. Il ne tient absolument pas l'alcool.

L'imbécile est un poids plume. Ce qui, pour moi, est une bonne chose : un mec bourré est généralement un mec honnête.

– … des sièges en cuir sur mesure aussi doux qu'un cul de bébé…

Bla-bla-bla. Pour l'instant je ne l'écoute pas vraiment. C'est le seul moyen que j'ai trouvé pour éviter de me soûler autant que lui. Mais l'échauffement est terminé, maintenant. Autant aller droit au but.

– Bon. Écoute, Billy. J'ai besoin que tu me dises la vérité. D'homme à homme. Tu cherches à te remettre avec Kate, ou pas ?

Son visage se crispe.

– Non, mec… moi et Kate… c'est tellement dans le passé. C'était terminé bien avant qu'on en finisse. Une vieille histoire.

– Vraiment ?

– Ouais, mec. On a commencé trop jeunes. Je veux dire, je l'aime, je l'aimerai toujours. Pas… tout à fait comme une sœur, parce qu'on l'a fait…

Je n'ai tellement pas besoin d'entendre ça.

– … mais presque. Elle et Delores, c'est comme mon sanctuaire intérieur. Pendant longtemps c'était nous trois contre le reste du monde, tu vois ce que je veux dire ?

Je digère cette information pendant qu'il boit une gorgée de bière.

Puis il se penche en avant et sa voix est basse, comme s'il allait me dire un secret.

– Elle est heureuse, tu sais. Kate. Ces derniers mois, elle m'a vraiment parue heureuse. Plus qu'elle ne l'était avec moi, ça c'est clair. Dee-Dee pense pareil.

Il tripote l'étiquette sur sa bouteille de bière.

– Mais tu sais comment c'est, plus tu grimpes haut, plus tu tombes bas, et c'est pas comme si t'étais le genre à kiffer les relations sérieuses. Alors quand je pense à quel point tu vas lui faire mal ? Eh bien ça me donne envie de te tirer une balle entre les yeux.

Alors, ça, je peux le respecter.

Je lui colle une tape dans le dos, peut-être plus fort que je ne l'avais prévu.

– Tu sais quoi Billy ? Le jour où je lui fais du mal ? Je t'achète le flingue.

Ses yeux de mec bourré me regardent suspicieusement. Puis il me tend la main, que je serre fermement.

Pourquoi êtes-vous surpris ? Je peux être mature. Parfois. Et puis, juste parce que j'ai décidé de ne pas lui casser la gueule la prochaine fois que je le vois, ça ne veut pas dire que je vais passer tous ses messages à Kate.

Vous m'avez pris pour qui, le Père Noël ?

Et, sortie de nulle part, l'adorable personne apparaît à mes côtés, entre nos deux tabourets.

– Qu'est-ce qui se passe ? Qu'est-ce que vous faites ?

Je suis sur le point d'expliquer, mais Warren me devance.

– Détends-toi Katie. Moi et Evans… on essaie juste d'enterrer la machette de guerre.

– La hache.

– Oui, ça aussi.

Ses yeux font des aller-retour entre lui et moi. Je souris calmement. Pour la rassurer.

Elle ne semble pas convaincue.

– Alors… quoi. Vous deux vous vous battez, vous buvez quelques bières, et maintenant vous êtes potes ? Vous allez pisser ensemble dans la rue, aussi ?

Warren lève la main.

– On ne s'emballe pas. C'est pas comme si j'allais le prendre dans mes bras ou jouer au baseball avec lui. Mais si Evans a besoin d'un coup de main pour se suicider ? Je suis son homme, dit-il en se frappant le torse.

Je lève mon verre.

– Bien dit.

Il boit un shot et se lève.

– Sur ces mots, je vais aller voir cette petite bombe sur la piste de danse qui m'a maté toute la soirée. Dis à tante Amelia de ne pas m'attendre. Eh, Evans, fais gaffe à toi. Cette soirée c'est le truc de ma cousine, et on a merdé. Dee-Dee ne va pas laisser passer ça.

J'acquiesce.

Merci de me prévenir.

Après qu'il est parti, il y a un moment de silence. Kate me regarde.

– Tu joues à quoi, Drew ?

J'ai l'air surpris. Innocent.

– Un jeu ? Moi ? Non, pas de jeu. Je… C'est juste que je t'aime plus que je le déteste. C'est assez simple finalement.

Elle hoche la tête lentement. Les coins de sa bouche esquissent un léger sourire.

– Et tu n'aurais pas pu avoir cette petite révélation avant d'annoncer mes talents pour la fellation devant nos familles et nos amis ?

C'est vrai que ç'aurait probablement été mieux.

– Ouais, désolé pour ça. J'étais pris dans le moment. Même si c'était la vérité, et rien que la vérité, que Dieu me vienne en aide.

Elle ricane et secoue la tête.

– Connard.

Et avec ces paroles, je sais que je suis pardonné. Je passe ma main autour de sa taille et la tire entre mes jambes en changeant de sujet.

– Est-ce que je t'ai dit à quel point t'étais bandante, ce soir ?

Kate sourit et pose ses avant-bras sur mes épaules.

– Pas depuis quelques heures.

– Alors considère que c'est chose faite.

Elle se penche et repose sa tête sur mon torse.

Et tout va mieux.

– Merci Drew.

Et je sais qu'elle ne parle pas seulement du compliment. Je frotte mon visage dans ses cheveux, inhalant ce parfum qui me captive toujours autant.

– Quand tu veux, Kate. Tout ce que tu voudras.

Par-dessus sa tête, j'aperçois Warren. Mais surtout, j'aperçois la femme qu'il drague. Et je me mets à rire.

Kate relève la tête.

– Quoi ?

Je montre Warren de la tête.

– Warren parle à Christina Berman, une cousine éloignée de Matthew.

– Et tu trouve ça drôle parce que…

– Parce que jusqu'à il y a environ un an, sa bite était plus grosse que la mienne. Christina était un homme.

Kate écarquille les yeux.

– Wahou. On ne le devinerait jamais, comme ça.

– Eh non.

Puis ses yeux reviennent sur moi, l'air pensif.

– Qu'est-ce que tu as ? je lui demande.

Ses yeux sont brillants. Ils brillent dans les miens. Pour moi.

– Rien. Je… Je t'aime, tu sais.

Je hausse les épaules.

– Je suis un mec plutôt aimable.

Elle rit. Elle met sa main sur ma joue, en la frappant doucement.

– Et frappable. T'es vraiment un mec qu'on a envie de taper aussi.

– Hmmm. On devrait explorer cette idée davantage, plus tard.

Elle rit de nouveau et m'embrasse tendrement. Puis elle se recule et pointe son pouce en direction de la piste de danse.

– Tu veux danser ?

Je suis presque vexé.

– Sérieusement ? *The Electric Slide*[1] ?

Je n'ai rien contre le fait de danser. Certains mecs vous diront que c'est efféminé, mais je ne suis pas d'accord. Aujourd'hui, danser, c'est presque baiser

1 Danse country très populaire qui se danse en groupe.

habillés, au milieu d'une salle remplie de gens. Et ça, ça ne me pose aucun problème.

– Quoi, t'es trop cool pour ça ?

– Oui, je le suis. Et d'ailleurs, Steven a le monopole des danses de groupe.

Je pointe mon beau-frère du doigt. Il enflamme la piste de danse à la tête du groupe, Mackenzie à ses côtés.

– Il est aussi très doué pour la Macarena.

Kate éclate de rire.

***

Quelques heures plus tard, on est tous dans le parking privé ensemble. Ma cravate a disparu, les trois premiers boutons de ma chemise sont défaits. Je tiens la main de Kate, qui est perdue dans le bras de ma veste de smoking qu'elle a mise comme une ado après son bal de promo. Steven porte Mackenzie, profondément endormie, pendant qu'Alexandra ajuste sa robe d'une main et tient ses chaussures dans l'autre. Matthew et Delores sont déjà dehors pour dire au revoir aux invités sur le départ.

Lorsqu'il nous voit, Matthew vient vers nous en trottant. Son visage est nerveux, plein de remords.

– Drew… je savais pas, mec. Je suis vraiment désolé.

– De quoi tu parles ?

Il se frotte la nuque et ses yeux se dirigent vers ma voiture, garée quelques mètres plus loin, éclairée par la lumière du parking.

Et c'est là que je le vois. C'est là que je vois les mots qui ont été gravés sur le capot.

GRANDIS UN PEU

– Non non non, non non, non…

Je titube en avant et tombe à genoux aux pieds de mon bébé. Je frotte les mots, essayant d'effacer les gravures avec ma main. Puis je crie par-dessus mon épaule en direction de Delores.

– T'es un monstre sans cœur ! Comment t'as pu ?

Je regarde de nouveau ma voiture et murmure :

– Ça va aller. Je t'amènerai au meilleur garage de la ville. Ce sera comme si rien ne s'était passé. Personne ne verra tes cicatrices.

Au niveau au-dessus du nôtre, j'entends le cri de Billy Warren, et je sais que Delores a eu son nouveau pick-up aussi.

Je comprends ta douleur, l'Imbécile.

L'air de rien, Delores vient vers nous. Elle me regarde, avec un air moqueur, sa main gantée de dentelle sur la hanche.

– Recommence, et je le graverai sur ton front.

Puis elle sourit, heureuse.

– Bonne nuit tout le monde. Merci d'avoir été là pour le plus beau jour de notre vie.

Et elle disparaît dans l'ombre.

J'ai pitié pour l'ange gardien de Matthew. Il va devoir faire des heures sup'.

Parce que je suis sûr et certain que mon meilleur ami vient d'épouser un démon.

[The Bitch Strikes Back]

LA REVANCHE DE LA GARCE

LA REVANCHE DE LA GARCE

Les hommes adorent la saga *Star Wars*. Pas tout à fait de la même façon que les femmes aiment *Titanic* (d'ailleurs je pleure à chaque fois que je regarde ce film), car pour les hommes, *Star Wars* n'est pas qu'un divertissement.

Ils y croient dur comme fer.

C'est leur mode d'emploi. Leur bible. Apparemment, toutes les grandes questions de la vie sont abordées dans les films de George Lucas. Dans les trois premiers en tout cas. D'après Drew, les trois derniers « craignent grave ».

Là, on est en train de regarder *L'Empire contre-attaque.*

Drew et moi habitons ensemble depuis un peu plus d'un mois. Mais j'ai l'impression que ça fait plus longtemps que ça. Vous savez, quand vous vous faites faire des mèches, et qu'après à peine quelques heures, vous ne vous souvenez plus comment étaient vos cheveux avant ? Vous avez oublié qu'il y a quelques jours, vos cheveux étaient ternes et sans éclat. Eh bien c'est un peu comme ça.

Nous voilà, assis par terre, douillettement nichés dans une pile de coussins et de couvertures, dévorant un bol de pop-corn tandis que Han Solo est sur le point d'être réduit en poussière. Ah, et Mackenzie est là aussi. Alexandra et Steven nous ont demandé de la garder cet après-midi.

–Je ne comprends pas.

Le regard de Drew quitte lentement l'écran plasma.

–Qu'est-ce que tu ne comprends pas ?

Je me redresse pour expliquer.

–Le mec est sur le point de mourir, et la femme qu'il aime depuis toujours lui dit qu'elle l'aime aussi, et il répond «je sais» ? Mais c'est quoi cette réplique ?

Drew a l'air profondément choqué.

–Euh… la meilleure réplique de toute l'histoire du cinéma ?

–Mais pourquoi il lui répond pas qu'il l'aime aussi ?

Drew se redresse et m'accorde toute son attention. Préparez-vous à entendre la plus fine logique masculine: une vraie torture.

–Parce que c'est Han Solo ! C'est le mec le plus cool de la galaxie ! Il a pas besoin de lui dire qu'il l'aime ; regarde tout ce qu'il a fait pour elle. Elle devrait déjà le savoir.

Ça c'est classique. Je secoue ma tête et baisse les yeux vers Mackenzie, assise entre nous deux.

–Le jour où tu tomberas amoureuse ? Choisis un mec comme Luke.

Drew est vexé.

–Non. Absolument pas…

– Il est gentil. Courageux, mais sensible.

– Jusqu'au *Retour du Jedi*, Luke n'est qu'un petit pleurnicheur sans couilles.

Mackenzie attrape sa calculatrice et ajoute cette dernière vulgarité à la note de Drew. Ah, vous n'aviez pas vu le bocal à gros mots plein à craquer posé sur la table basse ? J'ai dit à Drew qu'il ferait mieux de lui acheter une Ferrari sans plus attendre. D'ici à ce qu'elle ait l'âge de la conduire, son adition devrait équivaloir le prix d'une aussi belle voiture.

– Si tu décides de te marier, Mackenzie, un jour, épouse un mec comme Han.

Les yeux de Mackenzie font des aller-retour entre Drew et moi, comme si elle regardait un match à Wimbledon.

– Il est égoïste et égocentrique. Il est toujours en train de courir après un vaisseau spatial !

– Mais c'est le Faucon Millenium ! interrompt Drew, mais je ne prends pas note de sa remarque.

– Et c'est clairement un play-boy ! Un don Juan. Pourquoi tu voudrais que Mackenzie sorte avec un mec comme ça ?

– Non et non : rectification. C'était un don Juan. Jusqu'à ce qu'il rencontre Leia. Elle l'a changé. Et Mackenzie, comme Leia, sera intelligente, forte, et puissante. Les pleurnichards comme Luke, elle les mangera pour son petit déjeuner. En revanche, Han pourra rester à son niveau et la satisfaire.

Un sourire en coin se dessine sur ses lèvres ; ce sourire qui me donne des frissons. Puis il ajoute :

– Comme nous.

Je lui souris, l'air enjouée.

– Mais je ne suis jamais satisfaite. Je veux toujours plus.

La voix de Drew devient grave.

– Alors je vais devoir redoubler d'efforts.

Et soudain on est en pleine drague. Il va falloir vous y habituer, ça arrive souvent. Nos regards se croisent et ne se quittent plus, nos bouches s'approchent l'une de l'autre. Ne vous en faites pas pour Mackenzie, elle y est habituée elle aussi.

Drew est pour les démonstrations publiques d'affection. Parce que, quand il s'agit d'affection (de tout, d'ailleurs), il est aussi impatient qu'un enfant le jour de Noël. Et donc, s'il a envie de me toucher ou de m'embrasser ? Il le fait. Et il se fiche qu'on ne soit pas seuls.

Ça peut être hyper excitant comme ça peut être incroyablement frustrant, en fonction des circonstances. Mais, avant que nos lèvres ne se rencontrent, le téléphone sonne. Et la petite tête toute blonde de Mackenzie apparaît entre les nôtres.

– J'y vais !

Alexandra nous a dit qu'en ce moment elle adorait répondre au téléphone.

– Résidence Evans-Brooks ?

Ça sonne bien, vous ne trouvez pas ?

Elle écoute un instant, puis elle regarde Drew.

– Tonton Drew, c'est le portier. Il dit que t'as reçu un colis.

– Dis-lui de signer pour moi et que je descendrai le chercher plus tard.

Mackenzie s'exécute, puis elle écoute de nouveau et ajoute :

– Il dit que c'est périmable.

Drew fronce les sourcils, se demandant de quoi il peut s'agir.

– D'accord, dis-lui de le faire monter.

Il met le film sur pause. Avant de se lever, il pose un baiser sur ma main et me lance un regard me promettant que ce n'est pas fini. C'est la première fois que nous sommes habillés un week-end. Et, bien que j'adore Mackenzie, je mentirais si je disais qu'il ne me tardait pas qu'elle parte pour qu'on reprenne nos activités classées X. Oui. Mon prénom est bien Kate, et j'ai récemment rejoint le club des accrocs au sexe.

Mais sérieusement. Vous l'avez vu. Vous ne pouvez pas vraiment m'en vouloir, si ?

Drew ouvre la porte, et un homme en uniforme lui tend un papier à signer avant de pousser sur le parquet un grand carton dont le dessus est troué. Drew signe, regarde le carton et lui met un coup de pied.

– Y a quoi dans…

Avant qu'il puisse finir sa phrase, une chorale fait irruption.

Une chorale de miaulements.

Mackenzie est bouche bée un instant, puis elle court vers le carton.

– On dirait des chatons !

Elle enlève le couvercle.

– Oui ! C'est un carton plein de chatons !

Mon Dieu. Je me lève et je regarde dedans. Huit chatons, pour être exacte.

Drew regarde le livreur d'un air accusateur.

– C'est quoi ce bordel, putain ?

– Ce sont vos chatons adoptifs.

– Mes quoi ?

Monsieur Chaton jette un œil à sa feuille.

– Vous êtes bien Drew Evans ?

Il hoche la tête.

– Vous vous êtes inscrit pour être famille d'accueil pour animaux. Voici vos chatons pour les prochaines quatre à six semaines.

Drew secoue déjà la tête.

– J'ai signé pour que dalle. Je déteste les chats, ce sont les animaux de compagnie de Satan.

Monsieur Chaton tend la feuille à Drew.

– C'est pas ce que ça dit ici.

Mackenzie est déjà en train de câliner et de caresser la boîte de miaulements pleine de poils. Je me couvre la bouche pour m'empêcher de rire.

Vous avez compris ou pas encore ?

– Je vais la tuer. Je vous jure que je serai enfant unique d'ici à la fin de la journée !

C'est à ce moment-là que j'éclate vraiment de rire. Bruyamment.

– Mais Drew, tu t'attendais à quoi ? Tu lui as fait livrer une dinde vivante le jour de Noël !

– C'était un cadeau ! Alors que des chatons, c'est juste méchant.

Drew rend la feuille à Monsieur Chaton.

– Reprenez-les. Il y a eu erreur. Ils ne peuvent pas rester ici.

Monsieur Chaton a l'air déçu.

– C'est dommage. Sans vous, ces p'tits gars seront euthanasiés avant la fin de la journée.

De grands yeux bleus fixent le visage de Drew.

– C'est quoi « thanasiés », oncle Drew ?

Drew la regarde pendant environ cinq secondes. Puis il baisse la tête en signe de défaite.

– Eh merde.

Je souris à Mackenzie.

– Ça veut dire que les chatons vont rester ma puce.

– Youpi ! Elle commence à les sortir du carton un par un.

Monsieur Chaton tourne les talons.

– Bonnes fêtes, que Dieu vous bénisse !

Drew grimace.

– Ouais ouais. Bonne putain d'année à vous.

Puis il met un coup de pied dans la porte pour la fermer.

– Toi, je vais t'appeler Nala, toi tu seras Simba, toi t'es Frifri, et toi Cricri. Et toi, je vais t'appeler Drew Junior ! Il ressemble à Drew, tu ne trouves pas, tatie ?

Ah, oui, je suis déjà tatie. C'est pas génial, ça ?

– T'as raison. Il est très beau et il a l'air intelligent aussi. Tu ne trouves pas, Drew ?

Il boude encore.

– Ouais, fabuleux. Eh, j'ai une idée. Et si on amenait Drew Junior et ses potes à la rivière pour voir s'ils savent nager ?

J'avance lentement vers mon mec.

–Non chéri, tu ne veux pas faire ça.

Je profite que Mackenzie est encore concentrée sur les chatons pour glisser ma main sous son tee-shirt et griffer ses abdos.

Il m'accorde soudain toute son attention.

–Ah non?

Je chuchote.

–Non. Parce que le fait que t'aies sauvé ces pauvres chatons sans défense ça… m'excite.

Il fronce les sourcils.

–À quel point?

Je lèche mes lèvres, et il me regarde faire.

–Ça m'excite terriblement. Je crois qu'il va falloir que tu me refroidisses avec… des glaçons… ou de la chantilly…

Il agrippe mes hanches et me tire contre lui.

–Mmmm. Peut-être… que les chatons ont un avantage, après tout.

Je souris et je hoche la tête. Puis nos bouches se rencontrent. Je passe mes bras autour de son cou et mes pieds quittent le sol tandis que Drew me soulève. Sa langue vient de pénétrer ma bouche lorsque Mackenzie s'écrie:

–Tonton! Simba a fait pipi sur le tapis!

Drew pousse un long soupir. Il appuie son front contre le mien.

–Je vais envoyer la facture pour le nettoyage des tapis à La Garce. Non…. J'ai mieux! Je vais les faire changer. Ça, ça lui fera bien mal aux fesses.

Je ne veux pas qu'il se concentre sur cette guerre avec sa sœur. Pas quand il y a tant d'autre choses bien plus amusantes sur lesquelles il pourrait se concentrer.

– Lâche l'affaire, Drew. Et quand Mackenzie sera partie, tu pourras t'occuper de mes fesses à moi.

Il rit et me mordille l'oreille.

– T'as raison. Ce sera bien plus amusant.

[The Honeymoon's Over]

LA FIN DE LA LUNE DE MIEL

LA FIN DE LA LUNE DE MIEL

Les endorphines : de petites molécules qui donnent lieu à un sentiment de bien-être ou d'euphorie lorsqu'elles sont sécrétées dans le cerveau. Elles sont la raison pour laquelle on se force à aller souffrir à la salle de muscu. C'est à cause d'elles que l'homme le plus stressé du monde s'endort après une bonne baise. Elles sont aussi responsables d'un phénomène connu sous le nom de « lune de miel ».

Vous voyez de quoi je parle. C'est le début d'une relation, quand tout est encore rose et mielleux. Tout le monde se tient à carreau. Les mecs ne pètent pas, les femmes ne mangent pas. Ou bien, si elles ne peuvent vraiment pas être évitées, les pires manies de l'un paraissent à l'autre être la chose la plus mignonne au monde. Son adorable petit ronflement… Son adorable façon de se ronger les ongles.

Les humains ne sont pas les seuls à avoir une période de lune de miel. C'est un phénomène commun au monde animal. D'ailleurs, sans cela, les requins disparaîtraient. Voyez-vous, les requins naissent prédateurs. Ils mangent n'importe quoi, y compris leur progéniture. Or, lorsque son petit naît, le cerveau de la mère est inondé d'endorphines, la mettant dans une sorte de coma euphorique. Cela laisse à bébé une dizaine de minutes pour prendre ses nageoires à son cou et s'en aller aussi vite que possible.

Car s'il est encore là quand maman sort de sa transe ? C'est lui, le plat de résistance.

Ce qui nous ramène à l'autre caractéristique de la lune de miel : un jour, elle prend fin.

***

– Eh, Kate ?

Nous sommes samedi après-midi. Matthew et Steven sont à la maison et nous sommes dans le salon en train de regarder le match.

– Kate !

Et il nous faut des bières. Oui je sais, elle est en train de travailler dans le bureau, mais c'est un match des Yankees ! Et je suis new-yorkais, et je l'ai toujours été : ça veut dire que je n'aime que deux équipes. Les Yankees, et n'importe quelle équipe qui affronte les Red Sox [2] de Boston.

– KAAATE !

Elle apparaît dans l'encadrement de la porte, les bras croisés. Elle porte une robe d'été : courte avec un imprimé floral sexy et des boutons devant pour mieux pouvoir l'enlever. Je vénère le créateur de cette robe.

Son ton semble agacé.

– Qu'est-ce qu'il y a, Drew ?

---

2 Équipe de baseball de la ligue majeure.

Je lui fais mon plus beau sourire.

– Eh, chérie… tu nous attraperais quelques bières dans le frigo ?

Les animaux n'utilisent pas le langage pour communiquer. Une chienne ne peut pas dire à un chien : « Prends-moi maintenant, je veux avoir tes chiots ». Au lieu de ça, elle se penche en avant et lève les fesses en l'air. Si, par malheur, le chien interprète mal ses signaux ? S'il lui saute dessus avant qu'elle ait levé les fesses ? Il pourrait bien se faire arracher les couilles.

Les femmes ont des traits communs avec les chiennes. Que Dieu protège l'homme qui interprète mal les signaux d'une femme.

Mais nous y reviendrons plus tard.

Pour l'instant, lorsque Kate lève un de ses sourcils en me regardant, je sais qu'elle veut des explications. Je gesticule en direction de la télé.

– On est sur le point de battre un record !

Elle soupire.

– Ok.

Puis elle part en direction de la cuisine.

Quelques minutes plus tard, elle revient en tenant des bouteilles de bière. Elle en tend une à Matthew.

– Merci, Kate.

Et une à Steven.

– Merci.

Et elle m'en donne une. J'en bois une gorgée. Et je grimace.

– Aah, elle est chaude comme de la pisse ! Je lui rends la bière.

– Mais je viens de la sortir du frigo !

Les yeux toujours rivés sur l'écran de la télé, je fais un mouvement de la main, lui indiquant de retourner à la cuisine.

– Il faut les prendre du fond du frigo. C'est là que sont les plus fraîches. Nooon, allez, abruti ! Sors ta tête de ton cul et joue, bon sang !

Arrêtons-nous un instant. Vous vous souvenez de nos chiens ? Des signaux ? Pendant que je regardais la télé, j'en ai raté quelques-uns. Voyez donc :

Steven sourit, sur le point d'éclater de rire. Après toutes les fois où ma sœur l'a puni depuis qu'ils sont mariés, il prend un plaisir sadique à voir d'autres mecs se faire engueuler par leur nana. Et puis il y a Matthew. Dieu sait quel genre de punitions perverses lui a infligées Delores, car il a l'air particulièrement inquiet.

Kate, de l'autre côté, a les yeux rivés sur ma main comme si c'était un cafard. Qu'elle meurt d'envie d'écraser. Puis elle a une idée. Une idée à la fois merveilleuse et horrible. Si vous regardez d'assez près, vous verrez l'ampoule s'allumer dans sa tête. Elle sourit et quitte la pièce.

Moi, j'ai raté tous ces détails.

Quelques minutes plus tard, Kate revient d'un pas léger, tenant un seau à glace rempli de bière. Non non, pas de bouteilles de bière. Juste de la bière. Elle se plante à côté du canapé, et moi, les yeux toujours sur le match, je tends ma main pour qu'elle me donne ma bière. C'est alors qu'elle entreprend de soulever le seau et de le déverser au-dessus de ma tête.

Splash.

Je me lève d'un bond, dégoulinant, m'étouffant à moitié.

–Putain, Kate !

Et elle me demande d'un ton mielleux :

–Et là elle était assez fraîche ta bière, mon cœur ?

Je m'essuie le visage avec ma main et la dévisage.

–Tu es devenue folle ?

Elle me dévisage en retour.

–Non. Et je ne suis pas non plus ta serveuse ! Mais j'espère que tu les traites mieux que ça !

Matthew se lève.

–Je vais aller au bar, chez McCarthy, et regarder le match là-bas.

Steven attrape son blouson.

–Je te suis.

J'essore le bas de ma chemise.

–Attendez-moi en bas, les mecs, j'arrive tout de suite.

Matthew rit. Et me tape dans le dos.

–Oui, bien sûr mon pote. Salut, Kate.

–À plus, Kate.

Elle ne leur répond pas. Elle est trop occupée à me fusiller du regard.

Sur ce, Matthew et Steven prennent leurs jambes à leur cou.

Quant à Kate et moi, on se fixe l'un l'autre du regard. Ding-ding. Vous avez entendu ? Ouep, le premier round vient de sonner.

***

Je commence calmement. Lors d'une joute verbale, il vaut toujours mieux rester calme. Il faut bien choisir ses mots. Être malin. Mais agressif.

– Qu'est-ce qui se passe ?

Apparemment, Kate et moi n'avons pas la même philosophie.

– À toi de me le dire, Drew ! Pourquoi est-ce que Matthew et Steven peuvent dire s'il te plaît et merci mais qu'avec toi j'ai droit qu'à un…

Elle imite mon geste de la main.

Encore une fois, je reste calme. Je dégouline toujours de bière, mais je suis calme.

– Tu es en train de me dire que t'as gaspillé de la bonne bière et foutu en l'air mon samedi après-midi parce que j'ai oublié d'être poli ?

– Pourquoi tu ne l'as pas juste dit ?

– Et toi ? Pourquoi t'as pas juste dit, « Eh Drew, un merci ce serait sympa » ? Tu étais obligée d'en faire tout un drame ?

Elle croise les bras et fait semblant de s'étouffer.

– Tu sais très bien que je ne suis pas du genre à faire des drames.

Je lève deux doigts en l'air.

– Deux mots, Kate : tailleur Chanel.

Vous vous en souvenez, vous, non ? Celui que je lui ai offert après notre première baise ?

Ses yeux se plissent.

– Et alors, quoi ?

– Comment ça, et alors, quoi ? Tu y as mis le feu ! dis-je en levant les sourcils.

Oui, car elle et Delores ont fait comme les clodos pour se réchauffer et elles l'ont cramé dans la poubelle en bas de chez Kate.

Elle hausse les épaules.

– Et ? T'étais rien pour moi, et je voulais m'assurer que tout ce que tu m'avais donné n'était plus rien non plus.

Et ça, messieurs dames, c'est exactement où je voulais en venir. Je souris, d'un air narquois.

– Je n'ai vraiment plus besoin de dire quoi que ce soit.

Elle lève les yeux au ciel.

– Comme tu veux. Je n'ai pas jeté la bière sur toi juste parce que t'as oublié de dire merci. C'est pas mon genre d'être chiante et hystérique pour rien.

Mais bien sûr. Parfois un chat est un chat... et parfois... c'est un canard.

Elle poursuit.

– Il y a plein de choses qui m'agacent depuis quelque temps.

– Comme quoi ?

Et je suis vraiment curieux. Pour autant que je sache, Kate et moi avons la relation parfaite. Et moi, bien évidemment, je suis le copain parfait.

– Comme : tu ne m'aides jamais à ranger dans la cuisine. À chaque fois qu'on fait à manger, tu disparais et moi je suis coincée à laver la vaisselle, à l'essuyer, et à la ranger !

Ma voix devient un peu plus forte. Et mon ton est un peu défensif.

– C'est toi qui cuisines le plus. Moi j'ai supposé que tu voulais organiser la cuisine ! Je ne veux pas foutre en l'air ton système !

C'est en partie vrai. Mais, si je suis tout à fait honnête, je n'ai jamais vu mon vieux faire la vaisselle de toute sa vie. Pas même une cuillère à café. Et Steven, la seule fois qu'il a voulu aider La Garce à faire la lessive ? Elle l'a critiqué et elle a râlé pendant une semaine parce qu'il avait ruiné son linge délicat, quoi que cela puisse être.

– En plus tu t'en es jamais plainte. Si tu voulais que je t'aide, pourquoi tu ne me l'as pas simplement demandé ?

Désormais, elle est en train de hurler.

– Pourquoi j'aurais besoin de te le demander ? T'es un adulte, non ? Tu devrais le savoir !

Et voilà les enfants, nous y sommes. Voilà l'esprit tordu des femmes. Pour résumer : si vous n'êtes pas capables de lire dans leurs pensées, vous êtes foutus.

Et pour ce qui est du calme dont je faisais preuve et dont j'étais si fier ? Eh ben c'est fini.

– Eh ben je savais pas ! Putain, tu sais que je vais faire une connerie, tu dis rien, et quand je fais ma connerie, tu m'arraches les yeux ! T'aurais dû me le dire, c'est tout !

Kate me pousse en arrière, et ma chemise fait un bruit d'éponge qu'on essore.

– Parfait, tu veux savoir ? Je vais te le dire !

En dépit de ce que je viens de dire, non, je ne veux pas savoir. Aucun mec n'aime qu'on le critique. Personne n'aime entendre la liste de ses conneries.

Et donc, comme n'importe quel mec sur le point d'être attaqué, je frappe en premier.

– On ne peut pas dire que ce soit un plaisir de vivre avec toi tous les jours non plus, tu sais.

Kate s'arrête net. Elle fronce légèrement les sourcils.

– Ça veut dire quoi, ça ?

Honnêtement ? Je n'en ai aucune idée. Je ne peux réagir que de deux façons lorsque je vois Kate faire quelque chose. Je souris, ou je bande. Je souris, je bande, je souris, je bande, je souris… je bande. Souvent, les deux en même temps. Vous connaissez la chanson *Every little thing she does is magic*[3] ? C'est comme ça avec Kate. Rien de ce qu'elle fait ne m'agace. Mais je ne vais pas lui dire ça tout de suite. C'est notre première dispute.

Il faut à tout prix que je gagne. Pour mettre en place un précédent.

Alors, le génie que je suis déblatère la première chose qui lui vient à l'esprit.

– Tu mâches tes stylos.

– Quoi ?

C'est trop tard maintenant, autant continuer sur ma lancée.

– Quand on travaille dans le bureau. Tu mâchouilles ton stylo. Ça me distrait. On dirait un insecte qui ronge du bois. *Tchck, tchck, tchck, tchck.*

Elle réfléchit un moment, puis elle hausse les épaules.

– Parfait. Je ne mâcherai plus mes stylos. Mais on ne parle pas de moi, là. On parle de toi… et… de ton manque de respect envers moi.

---

3 Tube du groupe Police.

Hopla. Revenons en arrière. Je suis quelqu'un de très respectueux. Toujours. Même avec mes « baise-moi-une-fois-et-ne-me-parle-plus-jamais », j'étais un parfait gentleman.

– De quoi tu parles ? Comment je t'ai manqué de respect ?

– Tu n'as jamais, pas une seule fois, changé le rouleau de PQ, dit-elle d'un ton sec et accusateur.

Attendez, elle déconne, non ? Sérieusement. Dites-moi qu'elle déconne.

– Faut que tu m'expliques comment le fait que je ne change pas le rouleau de PQ est un manque de respect envers toi.

Son visage devient blême, comme si elle était choquée que je ne comprenne pas tout de suite l'absurdité de ces mots.

– Eh ben, qui va le changer, à ton avis ?

– Euh… je ne me pose pas la question.

Elle écarte les bras, comme si je venais de dire les mots magiques.

– Exactement.

Je me pince le nez. Peut-être qu'avec un peu de chance, si j'empêche mon sang d'atteindre mon cerveau, je m'évanouirai et j'oublierai cette conversation.

Elle continue.

– T'y penses pas du tout ! Tu te dis simplement, « Oh, Kate va le faire, elle a rien d'autre à faire »…

Je lève la main pour l'interrompre.

–Non et non. Je ne pense pas ça du tout! Si j'ai besoin de PQ et qu'y en a, je m'en sers. Si y en a pas… j'improvise!

Elle grimace.

–Ça, c'est juste dégoûtant.

Alors c'est comme ça d'être coincé dans des sables mouvants? Vous luttez, vous vous débattez… mais vous ne faites que vous enfoncer davantage?

–Tu sais quoi? D'accord, parfait. T'as raison. Dorénavant, c'est moi qui changerai le rouleau de PQ. Problème réglé.

Mais apparemment, le problème n'est pas réglé.

Elle croise les bras.

–Je ne veux pas avoir raison, Drew. Je ne veux pas que tu changes le PQ juste parce que je te dis de le faire. Je veux que tu veuilles changer le PQ.

Et là, je commence à rire. Je ne peux pas m'en empêcher.

–Putain, mais pourquoi quelqu'un aurait envie de changer le rouleau de PQ!

Elle a l'air vexée. Vraiment vexée.

–Pour moi. Pour moi, Drew! Tu sais, il s'avère que moi j'aime bien faire des choses pour toi, juste parce que je t'aime. Mais seulement si tu t'en rends compte, parce que si toi tu trouves ça juste… normal, je me sens humiliée. Et ça ne me donne pas envie de continuer à faire quoi que ce soit pour toi!

Ses lèvres bougent. Je sais qu'elle essaie de me dire quelque chose. Mais quoi? Aucune idée.

–Je ne sais même pas ce que ça veut dire, ça!

Elle pointe son index vers moi. Et elle sautille sur place.

– Mais si ! Tu fais juste exprès de ne pas comprendre ce que je te dis pour me rendre folle !

Non, je vous promets que non. Parce qu'à en croire cette conversation ? Elle l'est déjà. Soudain, une idée me vient.

– T'as tes règles ?

Son visage se fige. Je vous conseille de vous éloigner un peu parce que je crois que sa tête va exploser.

Elle attrape la première chose sur laquelle ses yeux se posent : un cadre avec une photo de nous, en vacances, il y a deux mois. Et elle la jette en direction de ma tête. Comme un frisbee. Heureusement pour moi, elle ne sait pas viser. L'étagère derrière moi n'a pas autant de chance.

Crac.

– Pourquoi est-ce qu'à chaque fois qu'une femme est énervée les mecs mettent toujours ça sur le compte de ses règles !

Non mais sans rire ! J'ai supporté les psychoses prémenstruelles d'Alexandra assez longtemps pour en reconnaître les symptômes.

– Oh, je ne sais pas... peut-être parce que d'habitude c'est la source du problème ?

C'est à ce moment-là que Kate commence à me frapper. Avec les deux poings. Comme une élève de maternelle qui se bat pour son crayon de couleur préféré.

– T'es... tellement... un... connard !

Quelque part entre le second et le cinquantième coup, ma bite sort de là où elle s'était cachée depuis son bain de bière afin de réévaluer la situation. Pour voir s'il y a un moyen de rendre cette crise… plus à son goût.

Et je crois que c'est possible. Alors j'attrape les poignets de Kate et la plaque contre le mur, lui tenant les mains au-dessus de la tête. Coincée. Elle est tellement belle.

Elle tient sa tête haute et son regard est enflammé.

– Je te déteste !

Je lui fais mon plus beau sourire en coin.

– Ça, je l'avais deviné.

Elle se tortille et se débat mais ne parvient pas à se libérer. Comme un magnifique poisson exotique pris dans un filet.

– T'es qu'un connard insensible.

Je me penche vers elle, collant nos bassins l'un contre l'autre.

– Pas sympa. Il s'avère que ma bite est extrêmement sensible. Tu veux voir ?

Kate comprend ce qui l'attend et ouvre la bouche pour protester. Ce qui m'arrange. J'en profite pour couvrir sa bouche avec la mienne. Elle essaie de tourner la tête, mais je prends son menton et l'en empêche. Ce qui permet à sa main, tout juste libérée, de plonger dans mes cheveux.

Pour tirer dessus de toutes ses putains de forces.

Je détache ma bouche de la sienne.

– Quelle fougue. J'aime que t'essaies de rendre les choses plus croustillantes entre nous, mais tu sais, c'est vraiment pas nécessaire.

Puis j'attaque son cou, mordillant et suçant sa peau, traçant un chemin vers son décolleté. Kate me frappe l'épaule, mais l'intention n'y est pas. Ce qui veut dire que je gagne du terrain.

–Je suis encore super énervée contre toi.

–Je n'en doute pas.

Je niche mon nez contre sa peau, inhalant son parfum. Puis je prends un téton dans ma bouche, par-dessus sa robe, et suce fort dessus. Voyez-vous, les tétons de Kate sont un peu comme des boutons «Play». Quel que soit son état de fatigue ou son humeur, il suffit de prêter un peu d'attention à ses *bad boys* et elle est chaude comme la braise.

Elle plaque sa tête contre le mur. Puis elle gémit et tient ma tête pour ne pas qu'elle bouge.

Touché.

Je saisis son genou et l'enveloppe autour de mon bassin pour nous aligner, puis je frotte mon bassin contre le sien. Et, en dépit de mes vêtements mouillés, je sais qu'elle est chaude. Vraiment excitée.

–Connard.

Je ricane.

–Tu l'as déjà dit.

Je l'embrasse de nouveau et nos langues s'entremêlent dans une bataille sensuelle. Puis je glisse ma main entre nous deux et commence à enlever sa culotte. Elle est humide et lisse. Du velours mouillé. Lorsque j'insère deux doigts en elle, sa voix change. Elle n'est que souffle saccadé et gémissements. Pas une trace de colère dans sa voix.

–Mon Dieu… Drew…

Puis elle me tire contre elle et me retourne mon baiser de toutes ses forces. Elle me dit, sans parler, ce que je sais depuis toujours : l'excitation et la colère forment une combinaison parfaite.

Je baisse mon short et soulève sa deuxième jambe autour de mon bassin. Et je la plaque contre le mur.

Mais, quand je suis sur le point de la pénétrer, Kate met la paume de sa main contre mon front et me pousse en arrière.

– Attends… non… attends…

Quoi ? Attendre ? Je déteste attendre.

– Quoi ?

Bien qu'elle pantèle, ses pupilles sont rondes et ses yeux noirs… d'angoisse.

– Il faut qu'on parle de tout ça. On ne peut pas surpasser nos problèmes en faisant l'amour. Les points que j'ai soulevés sont valables, et si on veut que ça marche, il faut qu'on règle tout ça.

J'appuie mon front contre le sien. Je réfléchis. En tout cas, j'essaie de réfléchir. Avec ma bite si près du but, je sais tout juste comment je m'appelle.

Puis tout devient clair. Et je regarde Kate.

– Donc, pour résumer… tu veux que j'arrête d'être un connard ?

Elle réfléchit à ce que je viens de dire. Puis elle hoche la tête.

– Ouais. En gros, c'est ça.

Je hoche la tête moi aussi.

– J'ai compris. C'est tout ce qu'il fallait dire, mon cœur.

Puis ces lèvres que j'aime tant s'étirent pour former ce merveilleux sourire qui signifie «prends-moi contre le mur».

– Alors d'accord.

Elle mord ma lèvre inférieure avant de longer ma mâchoire et de descendre le long de mon cou. Puis elle murmure :

– Tu vas rater le match.

J'enlève complètement sa culotte noire Implicite puis je me débarrasse de ce qu'il reste de sa robe.

– Je m'en branle. C'est pour ça que Dieu a inventé le *replay*, non ?

Elle rit d'un ton moqueur. Puis elle plonge son regard dans le mien.

– Ne te branle pas, baise-moi.

Je vous ai déjà dit que j'adorais cette femme ?

Je me décolle d'elle juste assez longtemps pour enlever mon tee-shirt trempé.

– Putain, je t'aime.

Elle rit de nouveau. Et, dégainant sa meilleure imitation de Han Solo, elle me dit :

– Je sais.

***

Okay, mesdames. Qu'avez-vous retenu de cet exemple ? Restez simples. Ne nous compliquez pas la vie avec plein de détails. Ça ne fera que nous embrouiller davantage.

T'es un enculé.

T'es un porc.

Ne sois pas comme ça.

Les phrases ci-dessus feront l'affaire.

Pour ce qui est de Kate et moi ? On ne s'était pas encore disputés depuis qu'on vivait ensemble. Un cap à passer. Vive nous ! Finalement, je crois que ça c'est plutôt bien passé. D'ailleurs, si toutes nos disputes se terminent ainsi ? Je ne me plaindrai jamais.

Non. Attendez. Je retire ce que j'ai dit. Si toutes nos disputes se terminent ainsi ?

Je me plaindrai chaque minute de chaque jour jusqu'à la fin de mes jours.

[What A Difference A Year Makes]

UNE ANNÉE PEUT TOUT CHANGER

UNE ANNÉE PEUT TOUT CHANGER

Pour les femmes, les dates sont importantes. Surtout en couple.

Bien sûr il y a les fêtes habituelles : Noël, la Saint-Valentin, Pâques. Puis il y a l'anniversaire, bien évidemment. Puis il y a le jour de la rencontre, le jour du premier rencart, le jour où vous lui avez dit que vous l'aimez, le jour où vous vous êtes fiancés, le jour où vous vous êtes mariés…

Je pourrais continuer la liste, mais je n'en ai vraiment pas envie.

Parce que voilà : les mecs n'en ont vraiment rien à foutre. Lorsqu'on fait semblant d'en avoir quelque chose à faire, c'est seulement pour éviter de se faire crier dessus. Pour nous, il n'y a qu'une date qui mérite qu'on s'en rappelle. Un seul moment qui mérite d'être fêté.

Moi, j'appelle ce jour le *baisanniversaire*.

C'est le jour où vous avez remporté le jackpot. Où le feu d'artifice a été tiré. Où vous avez marqué l'essai.

Ou bien, dans mon cas, le jour où vous avez gagné à l'Euromillions.

Sérieusement, on rencontre des gens tous les jours, ça fait partie des choses de la vie. Mais, à moins d'être le sosie de Brad Pitt, vous baisez pas une nouvelle femme tous les jours. Donc, pour les mecs, la première fois avec une femme est un jour de fête.

Et pour moi et Kate ? Ce jour-là, c'est aujourd'hui, les enfants. C'est énorme. Il y a un an, ma vie a changé à jamais. Ma vie a été bouleversée.

Mon lit aussi, d'ailleurs.

C'est pour ça que je suis dans la cuisine, là. Vous me voyez ? À siffloter, couper des fruits, à faire des cubes de fromage ? Ça c'est pour plus tard. On va en avoir besoin, il nous faudra de l'énergie. Parce que, chez moi, il ne suffit pas d'égaler le *baisanniversaire*. Il faut le surpasser. Et, étant donné la baise déjà spectaculaire de cette nuit-là ? Ça ne va pas être facile.

Mais j'aime les défis.

Je ne veux pas que vous pensiez que les *baisanniversaires* ne sont qu'une question de baiser comme des animaux. Bien que ce soit fabuleux.

Mais non, c'est surtout une tradition. Une question de sentiment.

De cadeaux.

Pour le premier anniversaire de mariage, les cadeaux sont censés être en papier, ou un truc débile du genre. Mon cadeau à moi est bien mieux. Les lutins du Père Noël peuvent rentrer chez eux. Kate va devenir folle quand elle va le voir. Sa langue va toucher le sol. Et sa culotte va suivre.

***

La porte d'entrée s'ouvre.

La star de la journée est arrivée.

Je suis parti du boulot à midi, pour tout préparer, donc je ne l'ai pas vue de l'après-midi. J'entre dans le salon. La voilà, son sac à la main, dans son trench moulant qui met en valeur son corps délicieux. Ses cheveux sont lâchés et brillants. Des talons aiguilles noirs enferment les orteils que j'aime tant sucer.

Elle sourit.

Et, comme à chaque fois, j'en suis estomaqué.

– Bonjour mon amoureux.

– Mon amoureuse.

Mielleux, non ? Il y a une poubelle dans le coin là-bas si vous avez envie de vomir.

Je m'avance vers elle.

– Comment était ta journée, ma chérie ?

Elle pose son sac, mais n'enlève pas son trench.

– Elle était… perturbante.

Je suis sur le point de lui demander ce qu'elle veut dire, mais elle me coupe la parole.

– C'est quoi tout ça ?

Elle fait référence aux pétales de roses et aux bougies qui sont éparpillés dans la pièce.

Il y a différentes définitions de ce qui est romantique, selon le style et les goûts de chacun. Pour certains, c'est la musique classique, un massage, ou des draps en soie. Personnellement, je pense qu'une pipe pendant un match des Yankees c'est la perfection. Mais Kate est plus *girly*, elle aime les froufrous et les paillettes. Les pétales et les bougies sont pour elle.

– Des bougies.

Elle grimace.

– Merci mais ça j'avais vu. Je veux dire, qu'est-ce qu'on fête ?

Je lui tourne autour, mes yeux caressant chaque courbe de son corps, lentement, comme le feront mes mains dans peu de temps. Puis je me penche vers elle et murmure dans son oreille :

– Ça fait partie de la surprise. Parce qu'aujourd'hui est un jour très, très spécial.

Elle frissonne. Mais c'est le bon genre de frissons. Et sa voix se fait grave.

– Je sais. Il y a un an jour pour jour, j'ai chamboulé ta vie.

– Tu as chamboulé ma vie ?

Elle hoche la tête et ses yeux pétillent.

– Ouais. Sens dessus dessous.

– Il me semble que c'est plutôt l'inverse.

Sa langue apparaît entre ses lèvres.

– Vous faites erreur, Monsieur Evans.

Je m'approche un peu plus d'elle.

– Peut-être avez-vous besoin que je vous rafraîchisse la mémoire, Mademoiselle Brooks.

Elle penche la tête en arrière, me regardant droit dans les yeux. Elle me défie.

– Je crois que c'est exactement ce dont j'ai besoin.

Je passe ma main sur sa nuque et la tire contre moi. Nos bouches fusionnent. Il y a un an, je ne comprenais pas l'importance d'un baiser. À l'époque, pour moi, c'était juste une mise en bouche. Comme les bandes-annonces qu'on est obligé de regarder lorsqu'on va au cinéma.

Mais avec Kate, les baisers sont à eux seuls un événement spectaculaire. Son goût. Sa façon de gémir. La façon dont sa langue glisse contre la mienne. Ça vous donne le tournis.

Mes mains vont pour enlever son manteau, mais elle les prend dans les siennes. Puis elle recule un peu, légèrement essoufflée.

– Attends. Pas encore. Je suis partie du boulot plus tôt aujourd'hui, pour aller acheter quelque chose. Pour toi.

– Moi aussi j'ai quelque chose pour toi. Je peux commencer ?

J'aime être le premier. C'est comme ça, c'est tout.

– Ok.

Je me tiens devant elle, puis je déboutonne lentement ma chemise, ne la quittant jamais des yeux.

Kate essaie de deviner.

– T'as pris des leçons de strip tease ?

Je souris.

– Non. Mais j'y penserai pour l'année prochaine.

Ma chemise atterrit sur le sol. Je passe mon tee-shirt blanc par-dessus ma tête. La main de Kate se pose sur mon torse et descend lentement vers mon bas-ventre. Je fais un pas en arrière et secoue mon index.

– Patience, Kate.

Elle tape du pied et fait la moue. J'ai envie de lui dire où elle peut poser ses belles lèvres pulpeuses. Mais je ne dis rien. Les cadeaux d'abord.

Ensuite ce sera à nous de jouer…

Je me tourne sur le côté et enlève le pansement qui couvre mon biceps droit. Et c'est là qu'elle le voit. Son regard se voile et sa bouche tombe ouverte.

Puis elle murmure :

– Tu t'es fait tatouer... mon nom ?

C'est un fouet noir dont les boucles forment le prénom KATE.

J'espère que vous ne vous attendiez pas à une bague de fiançailles ou à quelque chose comme ça. On s'en fout de ça. De nos jours, les bagues ne veulent plus dire grand-chose. Demandez à n'importe quel homme marié qui fréquente les clubs de strip-tease : une bague, ça s'enlève.

Mais un tatouage ? C'est pour toujours. C'est permanent ; à moins que vous aimiez l'idée qu'on vous épluche plusieurs couches de peau.

Les doigts de Kate tracent un cercle autour de l'encre, n'y croyant pas.

– J'adore, Drew. C'est la chose la plus... incroyable que quelqu'un ait jamais faite pour moi. Je t'aime.

Je pose ma main sur sa joue.

– Et moi je t'aime encore plus.

Pendant un instant elle sourit, puis son expression change. Elle a l'air... déçue.

– Quoi ? Qu'est-ce qui ne va pas ?

– Rien... c'est juste... tu t'es fait tatouer mon prénom... Je me sens un peu bête, moi je t'ai acheté des jouets...

Mes oreilles se dressent sur ma tête, comme un chien qui entend le sac de croquettes.

– Des jouets ? On parle jouets du genre... coquins ?

Kate se mord la lèvre. Puis elle hoche la tête.

Doux Jésus. Ma bouche s'assèche.

– Je peux... je peux les voir ?

Les sex-toys ne plaisent pas à tous les mecs. Les godes, avec leurs clochettes et leurs lumières… peuvent être intimidants. Mais pas pour moi. Pour moi, ils font partie du jeu. Comme des outils. Et il n'y a aucune honte à s'en servir. Même le meilleur charpentier n'essaierait pas de construire une maison sans une scie et un marteau. Vous me suivez ?

Kate sort un sac en papier de son sac à main. Elle plonge le bras dedans et en sort une cravache en velours rouge.

Ma bite se réveille soudain, comme le monstre de Frankenstein.

Pour toutes les femmes qui nous regardent, prenez des notes. Les sex-toys sont les plus beaux cadeaux. Un cadeau pour toute la famille. Enfin non, pas vraiment, mais c'est un cadeau dont on ne se lasse jamais.

Elle me tend la cravache.

– Tu te souviens, il y a quelques semaines ? Dans le salon quand t'as… tu sais… avec ta main ?

Ma voix est rauque.

– Ouais.

Bien sûr que je me souviens. On ne dirait pas en la voyant mais, au fond, Kate est une vraie allumeuse. Elle aime me pousser à bout, me voir craquer. Ce jour-là, en particulier, elle m'avait titillé toute la matinée en se baladant dans l'appartement sans soutien-gorge, en marcel blanc quasi inexistant et en culotte. À un moment donné, elle s'est même assise sur mes genoux et s'est mise à gigoter.

Puis elle s'est levée en disant qu'elle n'avait pas le temps de finir ce qu'elle avait commencé parce qu'elle devait travailler.

Et j'ai pété un câble. Je l'ai tirée sur moi, je l'ai allongée sur mes cuisses et je lui ai mis une fessée. Parce qu'elle avait été vilaine. Pas de quoi en parler dans *Playboy*, c'était juste quelques petites tapes sur les fesses, mais c'était amusant.

Kate sourit timidement.

– Ça m'a plu.

Oh, chérie, elle n'est pas la seule à qui ça a plu.

Kate replonge la main dans la pochette surprise. Puis elle en sort un petit cylindre argenté. C'est un vibromasseur. Elle me le tend.

– Celui-là c'est un…

– Un vibro, je sais.

Et je le fixe du regard. Des images de Kate en train de se tortiller sous moi, sur le point de devenir folle, me suppliant de venir, inondent mon cerveau.

Lorsque je parle, ma voix est à la fois rêche et émerveillée.

– T'es la meilleure copine du monde.

Je la prends dans mes bras et l'embrasse. Un long baiser, plein de gratitude.

Kate s'écarte et sourit jusqu'aux oreilles.

– Il y a une dernière chose. J'ai gardé le meilleur pour la fin.

Elle défait la ceinture de son trench et prend chaque pan dans une main. Puis, d'un geste fluide, le trench tombe au sol.

Et je suis immédiatement sur le point de jouir.

De nombreuses femmes pensent que la lingerie est la clé de la séduction. Elles achètent de la dentelle de luxe et s'attendent qu'on se bave dessus immédiatement. Mais ça ne marche pas vraiment comme ça.

À Noël, par exemple, lorsque vous voyez un gros cadeau qui porte votre nom sous le sapin, votre curiosité est titillée. Mais pas à cause du papier cadeau. C'est le cadeau qui est à l'intérieur que vous voulez. La lingerie, c'est pareil. C'est sympa mais... une femme nue sera toujours plus excitante.

À part ça.

C'est le fantasme de n'importe quel mec né après 1975.

C'est le summum de l'érotisme.

Le fantasme ultime.

Oh oui... c'est le bikini de la Princesse Leia.

Je reste bouche bée.

– Oh... putain.

Kate fait un tour sur elle-même, l'air très fière.

– Ça te plaît ? Le bas est sans entrejambe.

Je suis sans voix.

Sérieusement. Je ne trouve pas mes mots. Je suis sûr que cinq litres de sang ont été détournés vers ma bite, donc il n'y a plus assez de sang dans mon cerveau pour le faire fonctionner.

La voix de Kate est grave et séductrice.

– Si tu promets d'être sage... je te laisserai m'enchaîner comme Jabba le Hutt a enchaîné Leia.

Je me réveille soudain de ma transe. Je la saisis par le bras et la tire contre moi.

– Chérie, la seule chose que je promets c'est que tu ne pourras pas marcher demain.

Je la soulève et la jette sur mon épaule. Elle hurle d'abord, puis elle rit. Je traverse l'entrée, passant devant mon plat de hors-d'œuvre.

Sérieusement. Qui a besoin de manger ?

***

Je fais glisser Kate de mon épaule, agrippant son joli petit cul au passage. Je la tourne pour qu'elle soit de dos à moi. Puis je tords la cravache et la relâche.

Slap.

Elle frappe la partie exposée de sa fesse, et Kate se cambre en criant. Puis elle rigole.

– Peut-être que ce n'était pas une si bonne idée que ça, après tout. Un grand pouvoir implique de grandes responsabilités, Batman.

Je me débarrasse de mon pantalon et de mon boxer en un temps record.

– T'en fais pas, poupée. J'ai l'intention d'assurer toutes mes responsabilités, encore et encore et encore, juste pour être sûr. Maintenant, monte sur ce putain de lit.

Elle obéit. Elle se met à quatre pattes. Ses cheveux tombent sur une épaule, ses yeux sont rivés sur les miens. Mon Dieu, regardez-la. Prête, m'attendant.

J'ai l'impression d'être un gamin dans l'atelier du Père Noël.

La question suivante se pose : par quoi commencer ? C'est toujours un dilemme fabuleux. Chaque atout de Kate mérite son lot d'attention. Putain, même le derrière de son genou est sexy.

Je fais glisser la cravache sur sa poitrine, entre ses seins, puis sur son ventre. Je m'arrête entre ses jambes.

Et je la caresse.

La beauté de ce genre d'outil est qu'il électrifie chaque endroit qu'il touche, rendant la peau hyper sensible. Tendue, comme une corde de guitare prête à être jouée.

Kate ferme les yeux et penche la tête en arrière. Je frotte la cravache sur sa chatte, d'avant en arrière.

Puis je la frappe doucement.

Elle crie.

Quand j'avais dix ans, mes parents m'avaient acheté un vélo de course, quand le BMX était à la mode. À l'époque, je me souviens avoir pensé que jamais je n'aurais de plus beau cadeau.

Quel abruti.

Je me penche plus près du lit, sur elle, et pose une série de baisers le long de sa colonne vertébrale et autour de son cou.

J'enlève le bikini doré d'un de ses seins et pose ma bouche dessus.

Délicieux.

Son téton est déjà dur et rose vif, mais je le lèche quand même. Kate gémit et pose une main sur ma nuque.

Je mets un coup de cravache sur son cul. « Ne bouge pas. »

Elle repose sa main sur le lit.

Cette… soumission. Ce n'est ni dégradant ni humiliant : il s'agit de confiance. De se laisser être vulnérable. D'offrir tout ce que vous avez, tout ce que vous êtes, à quelqu'un d'autre. De laisser cette personne voir qui vous êtes vraiment, pas juste la personne que vous voulez être : chaque péché, chaque fantasme, parce que vous savez que cette personne ne vous jugera jamais. Qu'elle ne vous fera jamais de mal. Il y a des gens qui vivent toute leur vie sans jamais connaître une telle confiance.

Mais moi je sais ce que c'est.

C'est ce que j'ai.

Avec Kate. Avec elle et personne d'autre.

Je lèche son téton une dernière fois et passe à autre chose. Je pose la cravache et allume le vibro.

Puis je passe au cul de Kate. Il y a une marque rouge vif sur une de ses fesses. Je pose mes lèvres dessus. Puis je passe le vibro entre ses jambes, en traçant des grands cercles, lentement. Je m'approche de son clitoris sans jamais le toucher.

L'anticipation, la satisfaction. Le plaisir et la douleur. C'est un équilibre précaire. Lorsque l'on trouve cet équilibre, la sensation peut être envoûtante. Et comme je suis un expert lorsqu'il s'agit du corps de Kate, je sais exactement quoi faire. Quand il faut accélérer, quand je dois ralentir. Si Kate était un orchestre, j'en serais le chef.

Elle gémit et tortille son cul, essayant de rapprocher son clito plus près du vibro. Mais je ne la laisse pas faire.

Pas encore.

J'attrape le bas du bikini par-derrière et le lui enlève, puis je le jette par terre. Parce que, même si une culotte sans entrejambe est hyper excitante, la chatte de Kate Brooks est tout simplement trop belle pour être couverte.

Je trace des cercles de plus en plus rapprochés autour de son clito. Puis je baisse ma tête et la fais écarter les jambes par-derrière. Je mordille son clito, puis, après avoir pris mon temps, je plonge ma langue en elle.

Je pose enfin le vibro sur son clito et l'appuie dessus.

Elle gémit tandis qu'elle vient. Elle pose son front sur le lit. Ses bras et ses jambes tremblent encore. Elle pantèle.

–Drew… s'il te plaît… je veux… mon Dieu…

Le son de la voix de Kate qui me supplie de venir en elle est la plus belle chose au monde.

–Quoi, chérie… qu'est-ce que tu veux ?

Au lieu de supplier que je la pénètre, comme je m'y attends, Kate me prend par surprise. Elle se tourne et, avant que j'aie pu faire quoi que ce soit, ma bite, déjà à vif, est au fond de sa gorge.

Je penche ma tête en arrière, et je crois bien que je deviens momentanément aveugle.

–Doux Jésus… Kate…

Elle suce fort et fait des va-et-vient rapides. Toutefois, aussi incroyablement parfaite que soit sa bouche, je trouve la force de sortir. Je la retourne, la prends par les hanches et la pénètre par-derrière. Elle gémit longuement, d'une voix grave. De soulagement, et de satisfaction.

Ou peut-être que c'est moi qui gémis.

On est tellement excités tous les deux que je ne fais plus la différence.

Elle recule contre moi tandis que je la pénètre davantage. La tête de Kate est près du matelas et ses cheveux se balancent comme un pendule tandis qu'on se frotte l'un contre l'autre. Mes coups prennent de l'ampleur, nous rapprochant de l'orgasme.

Mais j'ai besoin de plus. J'ai besoin de la sentir, d'être plus près. Je la fais avancer sur le lit et je monte dessus derrière elle.

Puis, toujours en elle, je soulève Kate par les épaules et m'assois sur mes genoux pour qu'elle soit à cheval sur moi, toujours de dos. La position de la cow-girl.

J'appuie mon torse contre son dos. Ses cheveux chatouillent mon visage tandis que mes lèvres dévorent son cou. Elle est partout autour de moi. Son odeur, la sensation de son corps contre le mien, le goût de sa peau, le son de sa voix criant mon nom.

C'est envoûtant.

Accablant.

Comme si je me noyais.

Et s'il faut mourir, croyez-moi, c'est la meilleure façon de partir.

Je croise mes bras sur la poitrine de Kate, les mains sur ses épaules, la poussant vers le bas tandis que mes hanches continuent leurs mouvements vers le haut.

Sa voix est aiguë et son ton urgent :

– Drew… Drew… Je viens.

– Putain… je sais… je te sens.

Sa chatte se resserre autour de ma bite comme un boa constrictor.

Et, même si j'ai envie de continuer, même si je ne veux pas que ça se termine, ma bite a apparemment autre chose en tête, et j'explose en elle.

Mes mains tombent sur le ventre de Kate et je la tire contre moi. Sa tête est sur mes genoux et ma bouche est contre son dos.

On halète tous les deux, à bout de souffle.

Mais c'est moi qui parle en premier.

– Le meilleur… cadeau… de ma vie.

Kate rit contre mes jambes.

– Je suis entièrement d'accord.

***

Beaucoup plus tard, Kate et moi sommes allongés au milieu du lit, sur les couvertures, nos corps en sueur emmêlés.

J'aime ce moment.

C'est peut-être un peu nul de l'admettre, mais soyons honnêtes : le nom de Kate est tatoué sur mon bras. Je crois qu'il n'est plus nécessaire de faire comme si mes couilles n'étaient pas déjà dans son sac à main.

Sa tête est sur mon torse. Et je sens son sourire avant qu'elle ne murmure :

– Dis-moi quelque chose sur toi. Quelque chose que personne ne sait.

Je regarde le plafond. Et je cherche mon plus gros secret.

– J'ai du Justin Bieber sur mon iPod.

Elle rigole.

– Sérieusement ?

– Ouais. La chanson *As long as you love me.* Et si jamais tu dis quoi que ce soit aux mecs, je nierai tout en bloc.

Elle dessine mes abdos du bout des doigts. Puis je lui dis :

– À toi. Dis-moi quelque chose que je ne sais pas encore.

Elle embrasse mon torse lentement tandis qu'elle réfléchit. Puis elle plonge son regard dans le mien.

– Rien. Tu sais absolument tout ce qu'il y a à savoir sur moi.

D'accord. Alors… si on t'accordait trois vœux, tu demanderais quoi ?

Un jour j'ai dit à Kate que je ferais en sorte que tous ses rêves se réalisent. Et je ne pensais pas que c'était possible à l'époque, mais elle compte encore plus pour moi que lorsque je lui ai dit cela. Alors si elle veut quelque chose, si elle a besoin de quelque chose ? Je remuerai ciel et terre pour le lui offrir.

Elle réfléchit encore un peu. Et lorsqu'elle parle, sa voix exprime de la surprise et de la gratitude.

– Je ne souhaite rien du tout.

– Comment ça ?

– Je veux dire qu'en ce moment même j'ai tout ce que je veux. Ma mère est heureuse ; j'aime mon travail. Et tout ce que j'aurais pu souhaiter de plus est devant moi.

Je déglutis difficilement. D'entendre ça, c'est encore mieux qu'un sac plein de sex-toys.

Bon, d'accord. Peut-être pas mieux qu'une cravache.
Mais on n'en est pas loin.
Je prends son visage dans mes mains et l'embrasse.

La vie est étrange, vous ne croyez pas ? Je veux dire, vous pensiez vraiment, il y a un an, lorsque Kate et moi baisions comme des lapins dans l'entrée de mon appart', qu'on en serait là aujourd'hui ? En même temps, moi aussi je pensais que ce serait un énième coup d'un soir. Fabuleux, bien sûr, mais juste un nom de plus sur ma liste.

Or me voilà.

Sérieux.

Fidèle.

Complètement et mielleusement amoureux.

Et je ne pourrais pas être plus heureux.

Et ça ne fait qu'un an. Sans vouloir me la jouer à la *N'oublie jamais*, Kate et moi avons encore des dizaines d'années devant nous. Toute une vie.

Et j'ai l'intention de profiter de chaque putain de seconde comme si c'était la dernière.

QUAND UN PLAY-BOY HABITUÉ À JOUER AVEC LES SENTIMENTS DES FEMMES SE RETROUVE PRIS À SON PROPRE PIÈGE... TOUT SE COMPLIQUE !

Drew, la trentaine irrésistible, est associé dans une grande banque d'investissement new-yorkaise. Le pouvoir, l'argent, les femmes, absolument tout lui réussit. Très sûr de lui et arrogant, il assume son statut de beau gosse et enchaîne les aventures sans lendemain. Jusqu'au jour où une femme lui résiste. Kate Brooks est sublime, brillante, et ambitieuse... mais fiancée et inaccessible.

Lorsqu'il la rencontre dans un bar et tombe sous son charme, il ignore encore qu'elle deviendra sa collègue quelques jours plus tard...

Bouleversés par le magnétisme sexuel qui les aimante et engagés dans une rivalité professionnelle diabolique, ils vont jouer avec leurs sentiments, s'aimer et se détester.

Drew, le séducteur invétéré, nous prend à partie et nous décrit la façon dont il tombe amoureux. Il nous confie avec autodérision et cynisme ce que les hommes pensent vraiment...

Emma Chase s'est fait connaître en publiant ses textes sur Internet. Ainsi, lors de sa première publication, Love Game [Tangled] *s'est retrouvé à la 5e place des meilleures ventes fictions numériques selon le* New York Times. *Le livre est traduit en vingt langues.*

DRÔLE, SEXY ET ENVOÛTANT

TOME 1 DE LA TRILOGIE
NEW ROMANCE
EMMA CHASE
LOVE GAME
[Tangled]
Vous saurez enfin
ce que pensent
vraiment
les hommes !
Hugo Roman

LES PÉRIPÉTIES AMOUREUSES D'UN COUPLE MAGNÉTIQUE.

Dans ce deuxième tome de la série *Love Game*, aussi drôle qu'émouvant, on retrouve le duel amoureux sexy et magnétique formé par Kate et Drew, mais cette fois-ci l'histoire est racontée par Kate qui nous confie ses émotions et ses doutes… Tomber amoureux c'est facile, mais se faire confiance, bien plus compliqué. Surtout lorsqu'un imprévu remet en cause leur relation passionnée.
Kate est face à un dilemme, confrontée à la décision la plus difficile de sa vie. De son côté Drew a fait son choix, il a décidé pour eux deux. Mais ce n'est pas le genre de Kate de se laisser dicter sa vie. Elle quitte alors sa trépidante vie new-yorkaise et retourne chez elle, dans l'Ohio, seule. Enfin pas tout à fait…

Le jour, Emma Chase est une épouse dévouée et une mère modèle qui habite une petite ville du New Jersey. La nuit, elle se consacre à donner vie à ses personnages hauts en couleurs aux péripéties amoureuses rocambolesques. Elle s'est fait connaître en publiant ses textes sur Internet et aujourd'hui la série Love Game *est traduite en vingt langues.*

ÉMOUVANT, SEXY ET DRÔLE

NEW ROMANCE
VOLUME 2 DE LA SÉRIE
[Twisted]
LOVE GAME 2
EMMA CHASE
Quand l'imprévu bouscule l'amour et la passion, tout se complique...
Hugo Roman

QUE SE PASSE-T-IL DANS LA TÊTE D'UN HOMME LORSQU'IL TOMBE AMOUREUX ?

Dans ce troisième volume de la série *Love Game*, découvrez à travers le regard d'un homme l'éclosion d'un amour intense… Lorsque Matthew tombe sous le charme extravagant de Delores, il sait immédiatement que cette femme est spéciale… À l'inverse, Delores est persuadée que Matthew est encore l'un de ces hommes qui va la séduire et la laisser tomber aussitôt…

Dans ce roman aussi drôle que sexy, Matthew – l'homme qui ne pensait pas tomber amoureux – nous confie comment tout est arrivé... des prémices de la passion aux embûches des sentiments, des doutes jusqu'à la naissance de son amour. Une romance ponctuée par le parcours sinueux du jeu de séduction entre deux âmes sœurs qui se cherchent au cœur de Manhattan.

Passionnez-vous pour les péripéties amoureuses de ce couple extravagant et de celles de leurs meilleurs amis Kate et Drew.

Emma Chase s'est fait connaître en publiant ses textes sur Internet. Ainsi, lors de sa première publication, Love Game [Tangled] *s'est retrouvé à la 5e place des meilleures ventes fictions numériques selon le* New York Times. *La série est traduite en vingt langues.*

ENIVRANT, SEXY ET DRÔLE

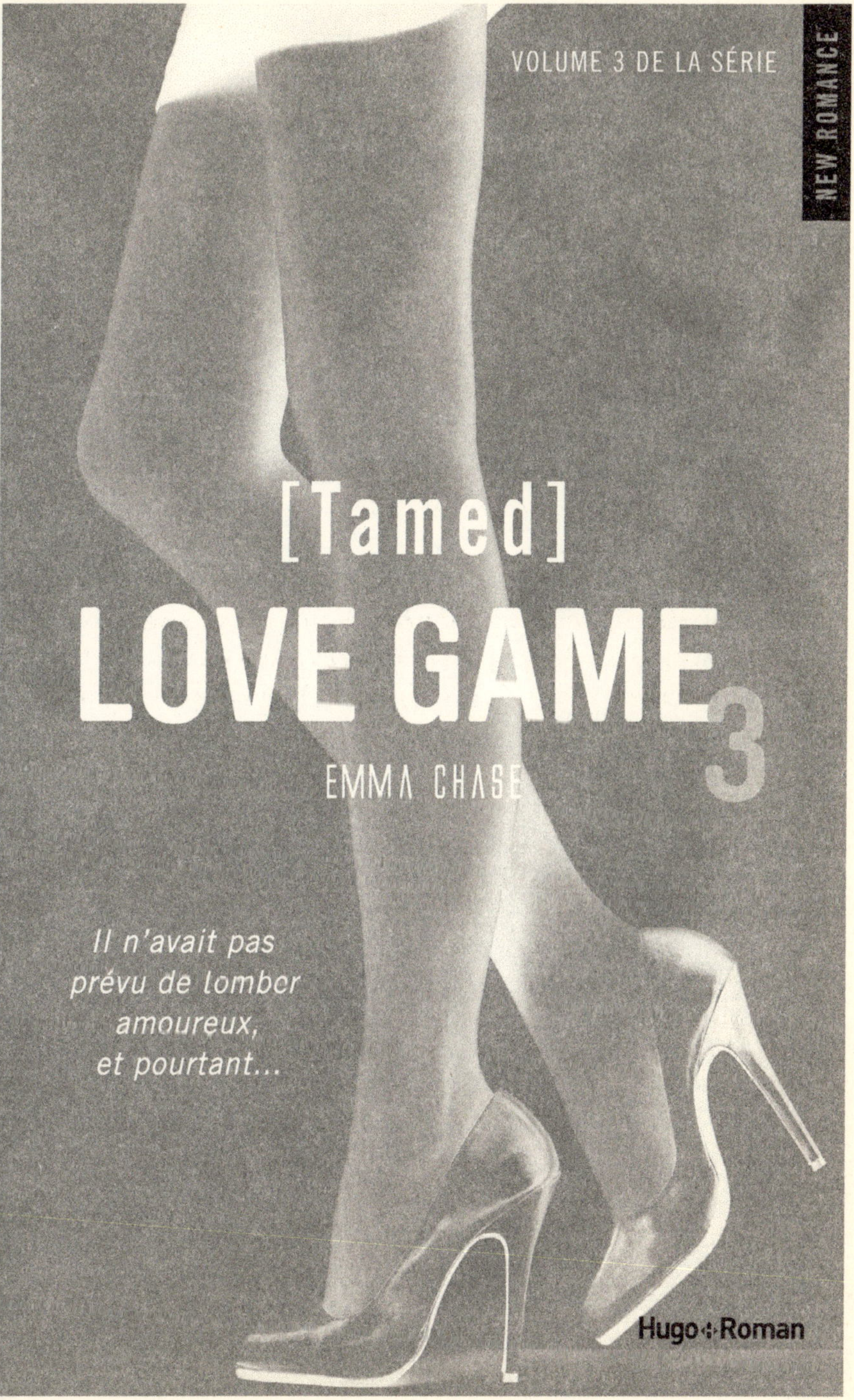
VOLUME 3 DE LA SÉRIE
NEW ROMANCE
[Tamed]
LOVE GAME 3
EMMA CHASE
Il n'avait pas prévu de tomber amoureux, et pourtant...
Hugo Roman

Hugo Roman

Romans parus et à paraître
dans la collection « Hugo New Romance » :

Du même auteur, Christina Lauren :
The Beautiful Series
Beautiful Bastard
Beautiful Stranger
Beautiful Bitch
Beautiful Sex Bomb
Beautiful Player
Beautiful Beginning
Beautiful Beloved
Beautiful Secret

Série Wild Seasons
Wild Seasons - tome 1 *Sweet Filthy Boy*
Wild Seasons - tome 2 *Dirty Rowdy Thing* : juin 2015
Wild Seasons - tome 3 *Dark Wild Night* : septembre 2015

De Anna Todd :
After - saison 1
After we collided - saison 2
After we fell - saison 3
After we rise - saison 4
After ever happy - saison 5 : mai 2015

De Lexi Ryan :
Unbreak Me - tome 1
Unbreak Me - tome 2, *Si seulement…*
Unbreak Me - tome 3, *Rêves volés*

De Emma Chase :
Love Game - tome 1 [*Tangled*]
Love Game - tome 2 [*Twisted*]
Love Game - tome 3 [*Tamed*]
Love Game - [*Holy Frigging Matrimony*]

De S.C. Stephens :
Thoughtless - tome 1 *Indécise*
Thoughtless - tome 2 *Insatiable*
Thoughtless - tome 3 *Intrépide*

De Katy Evans :
Fight for Love - tome 1 Real
Fight for Love - tome 2 *Mine*
Fight for Love - tome 3 *Remy*
Fight for Love - tome 4 *Rogue* : mai 2015
Fight for Love - tome 5 *Ripped* : juillet 2015

De Maya Banks :
Slow Burn - 3 tomes : mai, août, novembre 2015

De Laura Trompette :
Ladies' Taste - 3 tomes : avril, juillet, septembre 2015

De Laurelin Paige :
Fixed - 3 tomes : septembre, novembre 2015, janvier 2016

De Kay Bromberg :
Driven - 2 tomes : octobre, novembre 2015

De Colleen Hoover :
Maybe Someday : 2015
Ugly Love : 2015

Achevé d'imprimer par Corlet, Imprimeur, S.A. - 14110 Condé-sur-Noireau
N° d'Imprimeur : 170977 - Dépôt légal : mars 2015 - *Imprimé en France*